ラウラ
——今諒解する
我は付与術師となる

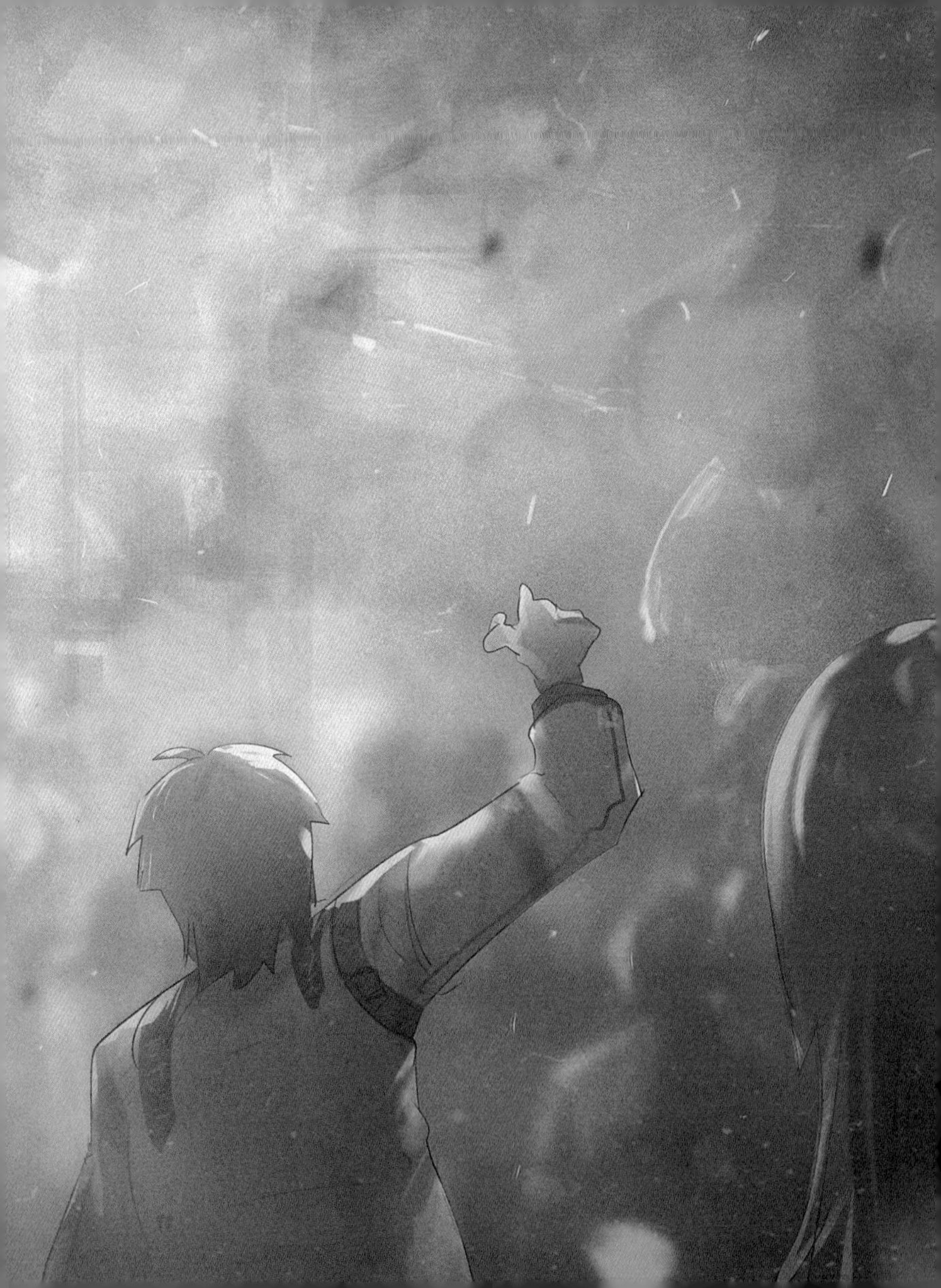

ここを曲がれば、
俺たちのパーティーハウスだ。
何が起こっているかを
この目で確かめられる。
一つの角を挟んで朧げになっていたものが、
言い訳のしようもなく直接俺に相対する。
飛び込んできたのは、光と、怒号。
【竜の翼《ドラハンフルーグ》】のパーティーハウスは、燃えていた。

こっちを見ろよ！
ヴィム＝シュトラウス！
クロノス
ヴィム＝シュトラウス

3

雑用付与術師が自分の最強に気付くまで

～迷惑をかけないようにしてきましたが、追放されたので好きに生きることにしました～

戸倉 儚　ill. 白井鋭利

CONTENTS

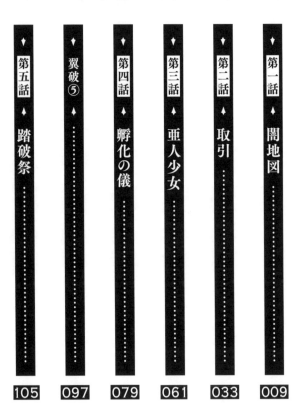

デザイン　世古口敦志＋丸山えりさ（coil）
イラスト　白井鋭利

「さっ、三の四のっ、次、三の、五……にっ、大きな岩、が、ありますっ」

『了解。斜度は』

「二、ですっ……」

『繰り返せ。聞き取れん』

もう胸が痛くなるくらい息を吸っていました。怪我をした脚だって痛いです。背中のむこうから追いかけてくる何かが怖くてたまらないのです。

上の歯と下の歯が噛み合いません。それでも黙るわけにはいかないから、泣き出す代わりに、喚くみたいにして必死に声を張りました。

「二です！」

声が思ったより密林《ジャングル》に響いてしまい、首を振って周りを見ました。

『了解。足を止めるな。速度を保って南南西へ』

「はっ、はいっ……！」

指示のままに私は走り続けます。止まることも、逃げることも許されないのです。

まっくらな森の闇にはたくさんの恐怖が隠れているようでした。足元はぬかるんで踏ん張れません。走るたび、長い指みたいな葉っぱが脚をなぞります。板の形をした根っこが足を出して私をこけさせようとしてきます。

呑まれていくようでした。引き返せなくなって、追い詰められていくのです。

右からざっ、と音がしました。影が見えたような見えていないような、そんな気配だけをこちらに知らせるようで、今度は左側でまたざっ、と音がしました。

「かっ、囲まれてっ！　いますっ！」

『把握している』

いよいよ、木と木の隙間に光がちらつき始めました。明かりではありません。動いています。あれは、対になった目です。

「も、もう！　逃げられません！」

『把握している。直進しろ』

「きっと、すぐっ、後ろで」

『撤退は認めない。代わりを送られたいか？』

冷たい声でした。私が何を言ったところで取り合ってくれるつもりなんてないのです。

ぎゃあ、という動物の声が聞こえました。

それを皮切りに、前でも後ろでも、ぎゃあ、ぎゃあ、という鳴き声が続きます。鳴き声の間隔はどんどん短くなっていって、私を囲んでいきました。

私は不意に、左にこけて倒れました。

こけたのではなく、押されたのだとわかったら、腕に痛みが走りました。振り払わないと、と思って、右腕を化けさせて思いっきり薙ぎました。

何かが腕に当たりました。急いで立ち上がって姿勢を低くして構え、それを見据えます。

『応答しろ！　ラウラ！』

「お、襲われました！　えっと、目の前に！」

『〝猿〟か⁉』

「痛い！　痛い、です……」

『報告せよ！　〝猿〟か⁉　特徴は⁉』

それは猿のモンスターでした。さっき突き飛ばした一体だけではありません。彼らはぞろりと並んで、鋭い牙を笑うように剥き出しにして、私の方に向けていました。

「そ、そう、です。おっきくは、なくて、私より小さくて、黒い、です……」

『了解。戦闘を開始しろ。しばらく報告は不要。切り抜け次第、一の十三に退避。到着ののち、報告を再開せよ』

そう言われたきり、耳元でずっと聞こえていた些細な雑音が消えました。雑音を聞いていた片耳が一旦沈黙を聞いて、すぐにぎゃあ、ぎゃあ、ぎゃあ、という鳴き声を拾います。話していると気付きませんでしたが、思ったより遠くにも猿たちはいるみたいでした。

私は駆け出しました。

背中から、たくさんの猿が襲ってきます。避けて、避けて、掠って、引っ掻かれて、止まったら死んでしまうから、走り続けました。

逃げながら、今日、報告できたことを思い出しました。

どこまでも続いていく迷宮《ラビリンス》の分かれ道。草木の種類。鉱石の香り。罠《トラップ》の数々。それから、私を狩ろうと追いかけてくる、モンスターの恐怖。

たくさんのことでした。それこそ一枚の地図にするには、十分なくらい。

だから代わりの子は、要らないはず。

そう思うと、肩の荷が下りたようでした。

もう指示は来ません。通信はきっと切られてしまいました。助けなんて来るはずもありません。私はそういう使われ方をしたのです。

一つだけ、気持ちの良いことがありました。

私は思うままに走っていたのです。初めてかと思うくらい、久しぶりのことでした。お父さんとお母さんがいて、街で幸せに走り回っていた頃の、朧気な思い出が蘇りました。

そうです、長い間忘れていました。怖くて、痛くて、辛いけれど、人生の最期にようやく思い出すことができました。

私は走ることが、大好きでした。

第一話　闇地図

認めてしまえばすっきりする。だけどちょっと寂しい。

集中力は一つ次元を上げた。木々を潜り抜け加速する感覚は走っているときとなんら変わりないほどに慣れた。上達している。

敵──角猿の形態はいつの間にか変化を起こしていた。

角が渦を巻いて伸び、黒い体毛は抜け、白い肌が露出している。

この段階に来ると、もはや体表を覆う防御など意味をなさないと理解した。俺も応じて、邪魔な胸当てを投げ捨てる。

体が軽くなって胸椎が解放された。腕はより動的に反作用を担い始め、脚と反対に振り抜いたならば、届き得なかった一歩が指の先を追い越した。

風の音がよく聞こえる。斬撃の予感がヒリヒリするほど肌を撫でる。

幹を蹴り、背を前に倒して枝を躱す。体重移動の勢いで再加速したその頂点で、俺と角猿の目が合っていた。

衝突する。

山刀《マチェット》に伝わる衝撃から、むこうの出力が上がっていることがわかった。形態変化の産物なのか、魔力で身体がより強化されている。

刹那に数回のやり取りが行われた。

俺が袈裟に斬れば角猿はそれを真正面から受け止め、下方向から蹴りを繰り出してくる。間合いは完全に相手の内側だった。

回避を試みる。

受け止められた刃を支点にし、腕を力ませて斜めに体を跳ね上げる。浮遊感を覚えるのと同時、角猿の蹴りは空を切っていた。俺は側面から逆さまにそれを見ている。

角猿は首だけを回して、俺の顔を見た。

ここは空中である。互いに踏ん張れない。だから腕だけで相手の体を突き刺すべく、俺は山刀《マチェット》を、角猿は爪を差し出した。

キン、と刃と刃が火を打つ。

燃え広がるような剣戟が始まる。

速い。速くなっている。速くなっていける。

内転筋を絞る。腕と、それから手首が遅れてやってきて、衝突の瞬間に爆発的に追いつく。四肢に働く慣性はとうに行き違い、まさにその一振りのために体に無理な円運動を強いている。

腕が千切れそう。もうきっといろいろな線が切れていた。

最高だ。世界一楽しい。

どこまで保つかわからない。意識は完全に支配下にあるはずなのに、破滅へ向かって体が勝手に突き進んでしまう。生きるために戦うのか死ぬために戦うのか、曖昧になる。

脳の栓が抜けて頭の中で髄液がぐるぐる回っている。一緒に記憶が巻き戻って、本格的に走馬灯みたいだ。

あーあ。

来世でもあったなら、今度はもっと心根の素直な少年に生まれよう。

お父さんとお母さんに感謝して、友達と笑いながら大して叶える気もない夢を語ってみて、そして町の隅の病院で、そこそこ大勢の人に囲まれながら最期を迎えるんだ。

だから今は、いいじゃないか。誰も死なないんだし。

ここまで戦って戦って、きっと何も残らない。いいんだ、今さえ楽しければ。本当に大事にしたいことなんて、ありはしなかった。

何か積み重ねたこととかあったっけ。やりたいこと、とか。

——つまんねーやつ。

これは、ハイデマリーか。言われたっけこんなこと。

否定しないよ。むしろその通りだ。俺はこんなやつだよ。

——じゃあ、なりたいものだ。

なかったよそんなもの。本気じゃなかった。きっと便宜的な目標で、暇潰しだった。

——本当にそう思ってるやつが、物語なんて読み耽るかね？

……核心を突かないでほしい。無理だったたってだけだから。

でも、こんなに楽しい。

ここは最高だ。ここで終わるなら本望だよ。全部置いていったたってかまわない。もしかすると、これがやりたいことだったのかもしれないとすら思える。

激突の間隔は狭まるに狭まって、ずっと斬り合っているようだ。

すでに遊びの攻撃は消えた。一挙手一投足が文脈を持ち、すべての一手における失敗が直ちに互いの命にまで到り得る。

感覚が研ぎ澄まされていく。内在する空間が時間を引き延ばす。どんどん登って、登って、何もかもを置き去りにして下りられない場所へと駆け上がっていく。

目の前の好敵手に、お前はどうだ？　と聞く。

ついてこられるか？　こられないなら死ぬ覚悟はできているか？

俺はできている。むしろそれが活力になる。危険《リスク》を許容すればするほど細く鋭く速くなっていく。

さあ、正真正——

「え？」

突如、鋭敏になりすぎた感覚が雑音を捉えた。

戦いではあまりに場違いなその異物感は、モンスターのそれとはまるで違った。死の間際にいる弱者の息の根だ。

人、それも、かなり無力な人間がいる。

話が違う。前提が崩れる。この独りよがりの戦いは、すべてを放り出して、俺になんの責任もないから臨めているに過ぎない。

俺は誰も死なないから、戦えているんだ。

「ごめん！　ちょっと待って！」

剣戟の最中、間抜けな制止の仕方をした。

前を向いたまま、後ろに跳ぶ。

何かあると思われたのかもしれない、角猿はすぐに追っては来ず、俺はそのまま下がることができた。

離脱は容易だった。そのまま敵に背を向けて森の中を跳んで行った。


音が聞こえた場所に一直線に向かう。

耳に意識を集中させる。ぐんと呼吸が近くなる。まだ生きようとしている心臓の音が、波状に広がって伝ってきていた。

跳んでいる途中のある地点で、音の歪みが逆転する。

波源を追い越したのだ。止まって真後ろに方向転換した。耳を澄ませて目を凝らし、いち早くその人を発見すべく、茂みをかきわけていく。

羊歯《シダ》植物に覆われた木の陰で、その少女はうつ伏せに倒れ込んでいた。

「おい！」

声を荒らげてしまった。

子供だ。背丈からしてまだほんの七、八歳くらいに見える。

意識を確認するために抱きかかえて背を起こし、顔を見て、気付いた。

頭に獣の耳が生えている。亜人種《アウスレンダー》だ。

この子を、知っている。

【黄昏の梟《ミナーヴァ・アカイア》】のアジトの地下で、リタ＝ハインケスと一緒にいた少女だ。あの人は確か、自分の助手と言っていたはず。

なぜこんなところにいる？　はぐれた？　何かに巻き込まれた？

「大丈夫ですか⁉」

「……っ」

顔を近づけて呼びかけると、うめき声のような返答があった。

「わかる？　立てる？」

続けて呼びかける。

少女はゆっくりと薄く目を開けて、俺の言葉がわかったのか、首を横に振った。

彼女は頭と四肢から出血していた。ボロボロに裂かれた服には血が滲んでいる。直前までかなり激しい戦いをしていたように見えた。

それなら、まだモンスターに追われている最中なのかもしれない。

角猿も今まさに俺を追ってきているはずだった。このままではこの子を背に戦うことになるが、それはあまりに非現実的だ。

時間がない。これから角猿が到着するまでのわずかな時間で、この子を救わねばならない。

俺が守り続けられない以上、手当てのあとに強化《バフ》をかけて、この子自身に転送陣まで逃げてもらうのが最善になるか？

考えて手を止めるよりも、まずは応急処置をしようと思った。血がかなり出ている。止血をしないとここを切り抜けたところで失血死をしてしまう。

「『解析《エナルーズ》』」

少女をそっと地面に寝かせて、体を解析にかけた。

損傷部位を探りつつ、止血すべき箇所に見当をつける。

両手足の傷が見えている以上に酷い。特に大腿部の傷が深く、相当な量の血を失っている。すでに脈が弱くかつ遅くなっていて、これ以上は命にかかわる。

それと同じくらいに深刻なのが、背中の一部が牙のようなもので抉られていることだった。神経の流れに断絶がある。具体的な状態まではわからないが、おそらくは折れた骨が邪魔をしているか、最悪の場合は神経自体が切れている。

これは、不味い。

「ごめん、少し、脚を上げて。縛って血を止めるから」

できるだけ優しい声で、言った。

だが少女の脚は少しも上がらなかった。

「動かない？」

彼女は小さく顎を動かす。

負の反応を返さないので精一杯だった。黙って俺の方で少女の脚を持ち上げて、太腿の傷口を強く縛る。他の箇所も順に止血していって、動揺を悟られないようにした。

失血も不味いが、今の状況においては神経の損傷も問題だ。これでは手当てをして強化《バフ》をかけたとて、自分で動いてもらうことは叶わない。

どうする？　何ができる？

治療を終えたらこの子をどこかに隠すしかないか？　それはしたくない。俺が容易に見つけられた以上、他のモンスターにとってもこの子は格好の的に違いない。そもそも俺が角猿を退けられる保証すらないわけで、これではあまりに分の悪い賭けになってしまう。

思考する。他に選択肢はないか探す。持っている要素の中で使えるものはないか、頭の中を総ざらいした。

結果は何もなし。現在の手札ではこの子をどうにかすることはできない。

絶望の前に、はたと、思考が一瞬で終わったことに思い当たった。

頭が変に回っている。辿り着くことを想定した場所から何十歩も先の景色が見えて、感情を追い越している。

傀儡師《ペプンシユピーラー》は発動し続けていた。脳の高速化が脳の高速化を呼び、持て余した思考速度は処理する何かを欲していた。

選択肢がないのなら、創ればいい、と気付く。

発想が転換し、飛躍する。

答えから逆算された異常に具体的な過程が脳裏に浮かんだ。

肉体の強化《バフ》の基本原理は、骨の両側筋肉の収縮と弛緩を、筋繊維の性質の変化で再現することだ。

通常であれば、これはあくまで補助に過ぎない。

でも別に、補助のみにしか使えないだなんて誰も言っていない。新しい選択肢を生み出す際には、無意識の思い込みを廃さねばならない。

程度の問題だ。補助的に収縮と弛緩をするのではなく、力を生む源として主立って収縮と弛緩を繰り返す。それは普通の筋肉の働きと何も変わらない。

瞬時に決断した。

今から新しく術式を組む。有り合わせの材料でも不可能じゃない。

基礎にするのは恒常的な歩行の強化《バフ》だ。この術式は上半身と下半身が連動する前提で組まれている。だから、術式の主構造はそのまま、発動のきっかけと強度を変えて、上半身の動きに応じて下半身が勝手に動くようにすればいい。既存の術式の入口と出口を変えて、下半身の約四百の筋肉についてのコードを調整するだけ。

いつの間にか、手が震えていた。

「ヒッ……」

喉の奥に空気がひゅう、と引っ込んで、処理が始まる。

羅列した要素が組み合わさって膨張する。右足が地を蹴って接地するまでを一周期に、四百の筋肉が収縮、弛緩するすべてのパターンを計算しなおす。四十八種類の停止と、五十段階の跳躍の場合に対応させて、調節すべきコードはおよそ五十万群に上った。

普段の俺なら数日はかかる処理だ。でも、脳が加速している今なら。

処理が終わった。

少女から見て何秒経っただろうか。その不安そうな顔を見て、考えるのに夢中で置き去りにしてしまったことがわかった。

それでようやく、表情を繕うという考えが浮かんだ。

「大丈夫。俺は……その、君を、助けに来たから」

精一杯笑顔を作って言った。勢いで軽く手も取ってみた。

「い、いい？　よく聞いて。敵が来てる。逃げてほしい。今から少しの間、走れるようにする。いつも通りに手を振ったら、足が勝手に走ってくれる。俺がそういうふうに、するから」

彼女は縋るように、こくこくと首を振った。

よし、疑似的に承認宣言と見なせる。

「『廻る《ダリーディオン》』・『無欠《ウイダーシユーン》』――」

あれ？

詠唱を開始して、奇妙な感触に当たった。

術式は間違いないのに、何か歯がゆい気がする。やっていることは間違っていないけれど、一つの見方を損ねているような。

「――付与済み《エンチャンテッド》』」

余計なことを考えそうになって、頭を振った。

「立てる?」

手を差し出して、支えにしてもらう。

少女は無事に立った。それから優しく背を押すと、彼女は恐る恐る一歩踏み出した。

「転送陣は……えっと、南南西だから。まっすぐ行ったら道に出る」

方位磁針を取り出して渡し、転送陣の方向を指さす。

「転送陣に着いたら、救助を待つんだ。俺はあとで行く。あ、あと……冒険者が緊急時に使う裏技があって、知ってる?　敵が来たら転送陣に触れて、階層を行き来して。モンスターは転送陣を越えられないから――」

説明しながら少女の方を振り向くと、きょとん、とした顔が目に入った。

また置き去りにしてしまったらしいと気付いて、そんな場合ではないのに、少し苦笑してしまった。

意外だったのが、少女もつられて微笑んだように見えたことだ。

彼女にも幾分か余裕が出たようで、少し安心した。

「……大丈夫？」

少女は強く頷いた。

「頑張って。君は助かる、から」

そう言った俺に一礼して、少女は走り出した。

走れていた。彼女は子供には不釣り合いなくらいの飛ぶような歩幅で、あっという間に景色のむこう側へ行く。強化《バフ》はちゃんと発動してくれているようだ。

見送って、十秒と少し経った。

相当ギリギリだったが、間に合ったらしい。

角猿が俺の背中に向かって、飛びかかってきた。

戦闘が再開される。

さっきと同次元の高速戦闘である。何度も場所を変え、森を飛び回って、命を削り合った。

でも、そこに熱はなかった。俺につられてお互いの体の動きは徐々に鈍くなっていき、ついには樹上から地面に降り立って、静かなにらみ合いに落ち着いてしまった。

それはすごく残念なことだったけれど、今に限って悪くはないことだった。

「……ごめん。また、次だ」

興が削がれた。

角猿はキッと喉を鳴らして、密林《ジャングル》の闇に消えていった。

すぐに転送陣の方へ向かった。

いた。あの子と、もう一人いる。治療をしてくれているらしかった。

見知った顔だ。

「ハイデマリー！」

「……ヴィム！」

「どうしてここに⁉」

「君を追いかけてきたんだよ！　そしたらこの娘が倒れてて！　ああもう！　なんだいなんだいいったい！　わけのわからない！」

「容体は⁉」

「出血は止めたし消毒もした！　だけど血が足りないし手術も要る！　今は治癒魔術で保たせてるけど」

　少女は仰向けになって浅く短く呼吸をしていた。さっき俺が診たときよりはいくらか顔色は良いように見えるけれど、それでも苦しそうだった。

「どうすればいい？　俺、何ができる？」

「……走力の強化《バフ》を頼む。私がこの子の治癒を続けるから、そうだね、君が背負って前を走ってくれ。目指すのは屋敷の医務室だ。早朝だから医院はきっと開いてない」

「わかった。じゃあ、承認宣言を――」

「待て、ヴィム」

ハイデマリーは俺の言葉を遮った。

「君は大丈夫なんだね？　任せていいんだね？」

一度、言葉に詰まってしまった。

なんと答えるべきか迷って、すぐにそうじゃないと思い直す。

今聞かれているのは、決意だ。

「……うん、いける」

少なくとも今は、自分のことなんてどうでもよかった。


地上に戻って、冒険者ギルドの扉を通り、まっすぐフィールブロンの石畳を走った。

屋敷が見えてきた。

門の前には人が集まっていた。カミラさんが仁王立ちをして、指示を飛ばしている。

「ハイデマリー！　屋敷で何かあったの!?」

「君が夢現で脱走して迷宮《ラビリンス》に向かったんだよ！　私が報告したの！」

「あっ……」

「その子を渡してくれ！　私は医務室に行くから、カミラさんに報告を！　あと、神官の団員を寄越すように言っておいて！」

「わかった！」

ハイデマリーは少女を受け取ると、俺の隣を離れて先行し、団員たちを横目に門をくぐってまっすぐに医務室の方へ向かっていく。

彼女とすれ違ったカミラさんが俺の姿を認めた。

「ヴィム少年！」

早く報告しないと、と思うのが最初で、そして、怒られるかもしれない、と思った。

何を言われてもいいと覚悟した。それよりもまずはあの子のことをお願いしないといけなくて、土下座でもなんでもすると決めた。

でも、違った。

「よかった。本当に……戻ってこられて」

俺はカミラさんに抱きしめられていた。

鎧が当たって痛い。彼女の筋力と体格相応に苦しい。だけど、優しい抱擁だった。

「大切な話がある。君がおそらく聞いているであろう――」

「あの！　すみません、カミラさん！　えっと、怪我人が、いて、神官が必要なんです！　ハイデマリーは医務室に！」

なんとか抱擁を抜け出して、言えた。

「あ、ああ。わかった。おい！　神官部隊！　ヴィム少年が怪我人を連れてきた！　医務室に向かってくれ！」

カミラさんが言うと、門の前に並んでいた隊列の一部が慌ただしく動いた。

「状況がわからん。君は迷宮《ラビリンス》に潜ったと、聞いたが」

「はい、それは、えっと、それは、そうで」

「捜索隊を組んでいたんだ。これ以上音沙汰がなければ向かうところだった」

恐縮する。誰も死なないと思っていたけれど、もうとっくに多大な迷惑をかけていたみたいだった。

何をどう説明すればいいのか迷った。

フィールブロンの朝の空気で頭はすっかり冷えている。

俺はとんでもないことをしていた。とても正気とは思えなかった。

それでも、すべてを受け入れてしまったあとだから、なおさら気まずい。気分がすっかり淀んでいるのに、すっきりした感じが否めない。こんな状態でどの面下げてみんなに会えばいいのかわからなかった。

俺が黙っていると、カミラさんは力を抜くように微笑んで、聞いてくれた。

「……あの子供は、どうした？」

「……えっと、それは、話は聞けてないんですけど、第九十九階層で救助したんです」

「そうか。子供に見えたが、冒険者か？」

「あ、えっと、わかりません。亜人種《アウスレンダー》の子なので、戦闘員として利用された恐れも」

亜人種《アウスレンダー》、という言葉を聞いて、カミラさんは眉をひそめた。

彼女は俺に向けて少し曲げていた背を起こして、口元に手を当てる。何か事情があるのか、俺とは大きな認識の差があるように思えた。

「待て、まさか、【黄昏の梟《ミナーヴァ・アカイア》】のアジトにいた亜人種《アウスレンダー》ではないだろうな。ラウラと呼ばれていたが」

「あ、いえ、多分、その子……だと思います」

そうだ、確かに、リタ＝ハインケスはラウラと呼んでいた。

「あの子は〝獣化〟を使っていたな？」

「あ、はい。多分、それで、戦っていたんだと思います」

「見つけたのは第九十九階層の――未開拓地帯で、間違いないか？」

「はい」

「それは、緊急を要するぞ」

カミラさんの顔色が変わっていた。

彼女が抱いた疑念が確信に変わるのがわかった。

「お前たち！　全員、動くな！　私の指示があった者だけ屋敷に入れ！　そして以後、不用意に医務室に近づこうとした者は全員拘束しろ！」

屋敷に緊張が走っていた。

俺は武装もそのままに医務室の前に行くように命令され、行ってみれば続々と警備の人間が集まってきている。

尋常ならざる何かが起きているということだけはわかった。

カミラさんはあとで説明する、と言っていたが、どういうことなのか俺にはまるで見当がつかない。

医務室の扉が開いて、ハイデマリーが出てきた。

「ハイデマリー！」

「……あー、疲れた」

「容体は、どう」

「輸血が終わった。でもまだ治療中」

彼女は医務室前の警備の面々を一瞥して大きく息を吐き、続ける。

「妙なことに、なってるみたいだね」

「どういうことか、わかる？」

「……あの子を取り巻く事態は私たちが考えていたものより深刻かもしれない。多分謀略みたいな方向だ」

「というと？」

「さっき治療に加わった神官が全員古株だった。ここの警備もそうで、盾職《タンク》のアーベルあたりを寄越してもいいはずなのに、全員がカミラさんの古い知り合いだ。意図的にここ数年で【夜蜻蛉《ナキリベラ》】に入った人間が省かれている」

「それって、間者《スパイ》、みたいなのを疑ってるってこと？」

「だろうね。あと、あの子、遅効性の毒を飲んでた。もう解毒はしたんだけど」

「……毒？　遅効性？　いったいなんのために」

「あの子は絶対に死ぬように仕組まれていた、ということだよ」

ハイデマリーは眉間に皺を寄せて、そう結んだ。

しばらくしてカミラさんが早歩きでやってきた。

その顔には明らかな焦りが見えている。

「事態はあまりに急を要する。時間がないから手短にいく」

彼女は医務室前の長椅子に座り、俺とハイデマリーを呼び寄せた。

「まずヴィム少年。君のことについてだ。我々【夜蜻蛉《ナキリベラ》】としてはこちらが最重要の問題になるが、あとに回さざるを得ない。しかし先に言っておかねばならないことだから単刀直入に聞く」

俺の目が見据えられた。

「君は、〝声〟を聞いたんだな？」

戸惑いつつも、頷いた。

カミラさんはあの〝声〟について知っていたんだ。

「それは〝迷宮《ラビリンス》の呼び声〟と言われる現象だ。その特性上〝呼ぶ〟という意味合いがわずかでも伝わってしまうことが危険なので、存在はごく一部の人間にしか共有されていない。だが君はもう一人で迷宮《ラビリンス》に行ってしまった。隠す意味もないだろう。

呼び声について詳しいことは何もわかっていない。ただ、この声を聞いた者の末路は基本的に二つ。一つは妻子や仲間を捨て単身で迷宮《ラビリンス》に潜り、行方不明になるか後々死体で発見される。そしてもう一つは──」

　彼女は人差し指を立てたあと、二本目に中指を立てた。

「──【黄昏の梟《ミナーヴァ・アカイア》】に取り込まれるか、だ」

　ここでその名が出てくることは、唐突に思えた。

「なのでヴィム少年、君の規律違反に関しての処分は、しばらくの監視と、迷宮潜《ラビリンス・ダイブ》の全面禁止になる。これは謹慎というより呼び声に対処するための意味合いが大きい。緊張を解いて羽を伸ばせ、これは命令だ。

　そして【黄昏の梟《ミナーヴァ・アカイア》】に気をつけろ。君の行動を見れば呼び声を聞いたことは明白だ。間違いなくリタのやつが接触してくる。絶対に耳を貸すな。強化《バフ》を駆使してでも、全力で逃げ切れ」

　一息が置かれた。

　今は理解に努めようとしたが、情報量が多い。

　しかし、これですらまだ本題じゃない。

「そして、次だ。ここからはあのラウラという少女のことだ」

　今、緊急を要しているのは、この話の方だ。

「命が危ない。準備ができ次第、彼女をフィールブロンから脱出させることになる」

　カミラさんは医務室の扉へ目を遣った。

　俺はその言葉が額面通りの意味なのか測りかねてしまって、ハイデマリーの方を見た。

「容体は大丈夫だぜ。とっくに一命は取り留めてる。だから、謀略の話だよ」

彼女がそう言うと、カミラさんは頷き、おもむろに口を開いた。

「状況からするに、ラウラくんは闇地図の被害者だ」

すぐには呑み込めず、その言葉を繰り返して確かめる。

「……闇地図、ですか」

「ああ。最前線の未開拓地帯で救助された亜人種《アウスレンダー》という時点で、それしか考えられないんだよ。ましてや我々は先日、彼女がリタに従っているところを目撃している。彼女は【黄昏の梟《ミナーヴァ・アカイア》】に闇地図を作成するための捨て駒として育成されており、今回はそれが実行に移されたと見て間違いない」

カミラさんは一旦言葉を切って、続ける。

「こうなった経緯も想像がつく。【黄昏の梟《ミナーヴァ・アカイア》】はおそらく、我々【夜蜻蛉《ナキリベラ》】が秘匿していたはずの最前線までの転送陣を暴き、利用していたんだ。当然冒険者の活動時間にその経路を行き来すると我々と鉢合わせる恐れがあるので、慎重な計画の下、我々が迷宮《ラビリンス》に潜っていない時間に闇地図の作成を行っていたと思われる。

今回はそこに、迷宮《ラビリンス》の呼び声を聞いたヴィム少年が居合わせてしまった。このことでやつらの目論見が外れ、ラウラくんは救出された、という形だろう」

それを聞いて、俺はどんな顔をすればいいのかわからなかった。

不幸中の幸い、とでも言えばいいのか。何が不幸で何が幸いなのかは、言い難いけれど。

ただ、この話を聞き入れたとしても、疑問は残る。

「その……カミラさん。命が危ない、というのは？　あの子はもう救出されたわけで」

「胸糞の悪い話になる」

カミラさんはここにはいない誰かを非難するように、眉間に皺を寄せた。

「知っての通り、闇地図とは人員を使い捨てにして作られた迷宮《ラビリンス》の地図だ。その有用性は言わずもがな、開拓にあたってこの上ない助けになる。

ただ、闇地図はな、作成自体は至極簡単だが、商売となると難しいんだよ。使い捨てにするはずの人員が万が一にも生存し、作成者に離反したとしたら、芋づる式に関係者が炙り出されてしまう。その闇地図が利用されたあとなら顧客だって特定できる。

だから、やつらからすると、使い捨てる人員が生き延びて逃げる事態は絶対に避けねばならんわけだ。この人員の選定が難しい。最低限の戦闘能力は要るが、生存能力が高すぎると逃げられる恐れも出てくる。最前線である程度生き残り、そして死んでくれる人材、というのは数が少ない。その点、〝獣化〟が使える亜人種《アウスレンダー》の子供というのは適格になってしまうんだよ」

〝獣化〟というのは、一部の亜人種《アウスレンダー》が有する、身体能力を大幅に向上させる能力のことだ。これが使えると、たとえ子供であっても一時的に大人の冒険者に匹敵するくらいの戦闘能力を見込める、と言われている。

「〝獣化〟が使えるなら、迷宮《ラビリンス》の最前線においてもある程度の生存が見込めるだろう。そしてここで重要なのは、子供であるがゆえにその『ある程度の時間』以上の生存の可能性が皆無に等しいということだ。これほど闇地図向きな人材は少なく――、価値がある、ということになる」

そこまで聞いてやっと話が見えてきた。

「特に、最前線で〝獣化〟持ちの亜人種《アウスレンダー》に作らせた地図、となると最高額の『特一級』という区分の商品に当たる。相当な上客の発注に応えた形だ。【黄昏の梟《ミナーヴァ・アカイア》】は何がなんでも口封じに来るだろう。だからやつらの手が及ばない場所までラウラくんを避難させねばならない」

言い終わって、カミラさんは大きく息を吐いた。

話は理解できた、と思う。しかしそれでも疑問は解けきっていない。

それが意味するところが恐ろしかったから、口にすることを躊躇いながら、聞いた。

「でも、その……それなら、フィールブロンを脱出させるまでしなくても、屋敷に匿っておけばいいのではないでしょう、か……？」

カミラさんは目を伏せる。そして苦々しい顔をして言った。

「それができれば、だ。ラウラくんの正体がわかった時点で屋敷は閉じた。しかし……」

廊下のむこうから、カツ、カツ、カツと早い足音が聞こえてきた。

「団長！」

「ハンスか」

「はい！」

「何があった⁉」

ハンスさんが扉を開け、額に汗を流しながら報告する。

「医務室を不自然に見ていた警備員を一名、捕らえました。凶器を所持しています。

【黄昏の梟《ミナーヴア・アカイア》】の間者《スパイ》で間違いありません」
俺はようやく、カミラさんが門の前で見せたあの焦りの意味を理解した。
【夜蜻蛉《ナキリベラ》】の本部であるこの屋敷すら、安全ではない。

第二話　取引

【夜蜻蛉《ナキリベラ》】による少女――ラウラの脱出作戦が始まった。

最終目標はラウラをフィールブロンの外へ逃がし、【黄昏の梟《ミナーヴァ・アカイア》】との交渉、及び摘発の準備が整うまで彼女を匿うことだ。

使用するのは複数の幌馬車である。

ラウラが乗った本命の馬車と同時に、それ以外、つまり囮の馬車も多方面に散開する。囮であっても脱出経路はしっかりと決めた上で団員が乗り込み、実際に郊外まで馬車を走らせる予定らしい。

この作戦の肝は、最後までどの車両にラウラが乗っているかわからないようにすることだ。

戦力をまとめないのもそのためである。集団でラウラを護衛して移動させた場合は、移動には成功するだろうが、確実に潜伏先が露見する。それでは暗殺の危険は変わらないどころか、まだ屋敷にいた方がマシになってしまう。

ラウラが乗る馬車には、カミラさんと、そして俺とハイデマリーの計四名が乗ることになった。選定したのはカミラさん本人である。

曰く、――この馬車には、最低限で最大限の戦力を集中させたと。

意味は推して知るべきだろう。

そこまでを想定せねばならない事態なのだ。


ひとまずの治療が終わった時点で、ラウラは担架に乗せられ、屋敷の車庫に運び込まれた。車庫の窓はすべて塞がれて、外からは何も見えない状態にされている。この中に順に幌馬車を出し入れし、どの車両に彼女が乗ったのかわからなくする算段だった。

車両にはまず、カミラさんが乗った。そのあとにラウラを乗せている担架を運び込み、それからハイデマリーと俺が入った。

するとすぐに幌が下ろされた。

光が遮断され、外部からは完全に見えない密閉空間になる。

もちろん、こちらからも何も見えない。

「動くぞ」

カミラさんがそう言うと、馬車は急発進した。

ガタン、と一度大きく車両が揺れる。それが車庫の扉を出たからなのか、屋敷の門を通ったからなのか判断がつかない。しかしすぐにそれとは比較にならないくらいに揺れ始めて、フィールブロンの石畳の上を走っていることがわかった。

気休めだが、あまり揺れないよう、ハイデマリーと二人で、ラウラの担架の両端を持ってわずかに浮かせることにした。

「……あの」

ラウラの意識が戻っていた。

彼女は首を動かさずに薄く目を開けて、俺とハイデマリーの二人を見比べる。

ハイデマリーは俺の方をちらと見て、ラウラの方に目を遣った。

「面識、あるんだよね？　励ましてやれ」

頷いて、恐る恐る、小さな手を握った。

「あっ、えっと、ラウラ、ちゃん、だよね？　名前」

こく、と小さく顎が動いたように見えた。

「あ、えっと」

励ましの言葉、と言われても、すぐには出てこなかった。

当の俺が前向きな気持ちになれていない。対決しているのは物理的に存在する生き物ではなく人の悪意だ。迷宮《ラビリンス》のモンスターのように捕食や防衛のために俺の命を狙うんじゃなくて、明確な意図と謀略をもってこの子を狙ってくる。

「俺たちは、その——」

気の持ちようがわからない。状況が明確でないから、かえって恐怖が煽られる。

でも、俺のそんな気持ちが伝わってはいけないと思い留まった。

「——君を、助けるから」

精一杯表情を作って、言い切った。

「大丈夫。みんな、頼りになる人だよ」

最後にカミラさんの方に、視線を投げてしまったけども。

ラウラは少し安心したように手を握り返してくれた。

きっと俺にしては上出来な部類で、俺の方がほっとしてしまった。

そんな気持ちも束の間で、車輪が容赦なく石畳を打ちつけ、振動で我に返った。呆けていられる状況ではない。せめてラウラに負担がかからないよう担架を支えることだけを考えて、ただただ、時間が経つのを待った。

荷台の前方で、カミラさんは伝達魔術を用いてやり取りを続けている。

ラウラの前だから格好をつけて勝手に大丈夫、と言ってみたものの、カミラさんの様子は正反対で、ずっと厳しい緊張が抜けていない。

そもそも、想定されている状況が厳しすぎる。

本来なら俺やカミラさんやハイデマリーのような名前が知られている人間は、少なくとも一人くらいは囮に使った方がいいに決まっている。だけどカミラさんはそうさせなかった。最小限の人数ながらも【夜蜻蛉《ナキリベラ》】の戦力をこの馬車に集め、あまつさえそれはハイデマリーによる治癒と、俺の戦闘が想定されている。その時点でこの作戦の成功率の低さが示唆されていた。

ただ、今のところ上手く行っているようには見える。すでに相当の距離を走っているし、少なくとも郊外に近い場所くらいには来ているだろう。

「諸君、着いたぞ」

馬車が止まった。

カミラさんはゆっくりと布をめくり、御者さんと二、三のやり取りをする。

「行くぞ」

彼女の指示に従い、俺とハイデマリーは担架を持って、手早く馬車の外に出た。

やはり場所はすでに郊外で、すぐそばには森がある。街は振り返れば遠目に見える程度だった。

ラウラには少しの間深いフードを被ってもらい、亜人種《アウスレンダー》特有の獣の耳は隠すようにした。それからできるだけ揺らさないように、かつ速度を落とさぬよう、担架を運んでいく。

ここから先は森の隙間を抜け、最終的には川を下ってカミラさんの知り合いの下にラウラを届ける予定になっている。

見渡しても、俺たちの他に人影は見えない。森以外には身を隠せる場所もない。

これは、作戦成功なんじゃないか？

そうとしか思えなかった。

でもカミラさんの表情は依然険しい。警戒を解いていない。

「やはり、囲まれている」

鬼気迫った表情で彼女はそう呟き、立ち止まった。

俺とハイデマリーはすぐに担架を置いて、進行方向である森の方に構える。

それでも俺には何も見えない。片手で索敵魔術を発動してみたものの、木々以外は何も映らなかった。

ただ、妙な存在感だけは、わかった。

「おーい！　ここにいる全員！　久しぶりだねー！」

森の中から緊張感にそぐわない快活な声が響いてくる。

白昼堂々と木々の隙間から軽やかに歩いてきた女性は、間違いようもなくあのリタ＝ハインケスだった。

子供じみた探検家のジャケットに身を包み、その声からは何も罪悪を感じないどころか、からっとした無邪気さすら覚える。

「シュトラウス氏も賢者ちゃんも、元気だった？　あと、ラウラ！　君もね！」

担架の上のラウラが、リタ＝ハインケスの声を聞いて、金切り声のような悲鳴を上げた。

「……ご、ごめっ、ごめん、なさ」

「んー？　あぁ、なーんにも怒ってないよ、ラウラ。ただ、生きてたなら〝学校〟に戻ってほしかったなぁ、なんて。君は優秀な生徒だったからなぁ！」

彼女に遅れて、黒服に身を包んだたくさんの人が森から出てきた。

身元がわからないように顔の一部を隠しており、当たり前かのように両手に武器を携えている。どう考えてもまともに話をするために呼ばれた人たちではない。そして装備と身のこなしが冒険者のそれとは違う。もっと人間を相手に戦うべく特化しているかのような格好だ。

瞬時に、俺はリタ＝ハインケスへの認識を改めた。

ラウラの反応も尋常じゃない。

カミラさんに目を合わせて、了承を得る。

「移行：『傀儡師《ペブンシユピーラー》』」

詠唱を終えて、ラウラの下に跪いた。

彼女はフードを手で引っ張って、顔を隠して何も見ないようにしていた。そしてうわ言のようにいやだ、とごめんなさい、を繰り返して、泣いているのか震えているのか区別がつかないくらい、怯えていた。

その肩に、なんとか手を置く。がらではない勇気が湧いて、勢いに任せて言ってみる。

「……俺が、守るから」

数秒の間手を動かさないでいると、彼女はゆっくりと首を動かして、頷いてくれた。心なしか肩の震えも少し収まったような気がした。

そして、これは承認宣言とも解釈できると、半分閃きじみた気遣いが浮かんだ。

「『停滞《ハルツ》』」

軽い逆強化《デバフ》をかける。意味合いとしては鎮静化だ。これから先は血生臭いことがあるかもしれないから、眠っていてもらう方が都合がいい。

落ち着いたラウラを背負って、片手に山刀《マチェット》を持った。

ハイデマリーとカミラさんは置いていって大丈夫だ。この人数でも容易に二人で突破できるだろう。

「おいおいおいおい、シュトラウス氏！　せっかくまた会えたのに逃げるなんて酷いじゃないか！」

「相手にするなヴィム少年。行け。私たちが食い止める」

カミラさんはふざけた声色で話しかけてくるリタ＝ハインケスを無視し、庇うように俺の前に出て、彼女の愛剣――大首落としを構えてくれた。

頷いて、脱出経路に見当をつける。森を抜けた先の川では、カミラさんが手配した運び人が待ってくれているはずだ。

「はい！　ちょっと待った！」

しかし、そんな俺を見て、リタ＝ハインケスはこれ見よがしに陽気な大声を出して、指を鳴らした。

「ペートルス！　来て！」

彼女の背後から、一人の男性が出てきた。

見覚えがある。前に【黄昏の梟《ミナーヴァ・アカイア》】のアジトで出会った研究員だ。

彼は俺を認めると、謝るように一度、眉を上げた。

何か親しげな気配を感じたのは一瞬だけだった。リタ＝ハインケスと同じく、彼も黒服たちを従えている。その黒服たちは俺たちに見せつけるように、連れてきた人を前に並ばせ、膝をついて座らせた。

膝をつかされたのは、二名の男性と、一名の女性だった。三人とも冒険者に見える。女性の方は神官の服装だった。そしてその全員が手足と口を縛られていて、首元に刃を当てられている。

「おいリタ！　お前っ」

カミラさんは叫ぶ。

「川の方に、いたんだ！」

リタ＝ハインケスはあっけらかんと、森のむこうを指さした。

あの人たちは、まさか。

「カミラさん、あの人たちって」

「私が手配したラウラくんの運び人だっ……！　全部読まれていた！」

俺たちの足は止まってしまった。

どうする？

ラウラを連れて逃げるだけなら、十二分に可能だ。当初の経路は無理でもどこかで【夜蜻蛉《ナキリベラ》】の関係者と落ち合えばいい。

ラウラの治療は？　走力の強化《バフ》でハイデマリーと一緒に逃げる？　さすがに速度が落ちすぎるけれど、不可能ではない。

でも、あの人質は？

「ははははは！　こんな雑にやっても効くんだもん！」

リタ＝ハインケスは笑っていた。その所業に何も疑問などないかのように。

無理だと悟った。

脅しだとわかっていても、俺はこのやり方に抗えない。

「下がれ、ヴィム少年」

カミラさんが俺を制して前に出た。

俺は指示に従い、ハイデマリーと一緒に後ろに下がった。

「要求はなんだ⁉」

「ラウラの引き渡しに決まってるでしょ！　その子がどれだけ情報握ってると思ってんの⁉」

「引き渡して、この子の命の保証があるのか？」

「んー、時間稼ぎしようたって無駄！　君と話すのは不毛だからね！　こっちには人質もいるし、先に一人くらい殺したっていいんだよ」

「人でなしがっ！」

「哀れだよね、君たちは。本来はラウラを救出した時点で君たちの勝ちなのに」

リタ＝ハインケスはカミラさんから目を外した。

「というわけでシュトラウス氏！　問題です！　ラウラを確保している君たちは本来圧倒的に有利な立ち位置にいるはずなのに、どうして今この場で、君たちは危機に陥っているのでしょうか⁉」

「……は？」

そして、急に俺に声をかけてきた。

「答えは重要な人間とそうでない人間の区別をつけていないからだよ！　この人質は別に君たち

にとって重要じゃない！　こんなやつら放っておいて、ゆーっくりラウラに話を聞けば、憎き【黄昏の梟《ミナーヴァ・アカイア》】のアジトの一つや二つ――」

「ヴィム少年！　聞くな！」

　カミラさんは俺を一喝した。

「むー、お話しさせてもくれないの。したいんだけどなー」

「ヴィム少年に手出しはさせん。彼はこちら側の人間だ」

「えー……けちー！」

　頑なカミラさんの態度を見て、リタ＝ハインケスは困ったように口に手を当てて、くる、くる、くるとその場を回った。

「話したいんだけどなー、本当に」

　彼女は辺りをてくてくと歩き、ぶつぶつと独り言を言う。

「でも、あんまり遅いとお客も怒るし……うーん」

　その様子がまるでこちらなど目に入ってもいないようだったから、おかしかった。

　所業と、声色と、要求がまるで噛み合っていないのである。周到な作戦で臨んできているようで、話すことはその場の行き当たりばったりとしか思えない。

「……ん？　〝お客〟？」

　そして彼女は急に立ち止まって、ぱっと明るい笑顔に切り替わり、俺たちの方を向いた。

「そうだそうだそうだ！　カミラ！　百歩譲ってあげる！　ラウラはあげるし人質も解放

するから、好きにして！　今後一切あの子に手を出させないこともここに誓おう！」

もう、表情も言っていることも激しく変わりすぎて、ついていけない。

この場は完全にリタ＝ハインケスの支配下にあった。交渉は深刻なはずなのに、彼女の言い草の軽さが合わなくて、どこまで本気で言っているのか判断がつかなかった。

「どういうつもりだ、リタ」

カミラさんが訝しげに聞いた。

「そのままだよ！」

「……交換条件は、なんだ？」

「シュトラウス氏と、ちょっとだけ話をさせて」

俺の名前が出た。

俺が、交渉材料になるのか？

なら問題ない。俺の心一つでこの事態が終わるなら。

「ちょっと待てヴィム」

ハイデマリーが前に出ようとする俺を制した。

「ヴィムを利用しようだなんて考えないでくださいね、リタさん。私にとっちゃそこの一般人どもの優先順位なんて彼より遥か下です」

毅然とした態度で彼女はそう言い放つ。

「やめてくれって！　話が」

「はははは！　心外だなー、賢者ちゃん！　君は何か勘違いをしているんじゃないかな⁉　それに、どんな契約も人の心までは縛れない！　安心したまえ！」

リタ＝ハインケスは笑い出す。それからすっと力を抜いて、優しい笑顔を俺に向けた。

「本当に、話を聞くだけでいいんだ」

「やめろ！　乗るな！　ヴィム少年！」

今度はカミラさんが引き留めてくる。

だが、俺の心は決まっていた。

ただ俺が動くだけで終わるというのなら、それ以上に都合の良いことはない。リタ＝ハインケスの気が変わらないうちに受け入れるべきだ。

「カミラさん、一つだけ、その、教えてください。リタさんは、約束を守る人ですか？」

「それはっ……」

カミラさんは言葉に詰まる。

こんな場でも即座に否定できないということはやはり、そういう類の人なのか。

俺はリタ＝ハインケスに向かって声を張り上げた。

「確認します、リタさん。ラウラに手を出さないというのは、ラウラの関係者を新たに人質に取るような、姑息な手段を取らないことを含みますか」

「もちろん！　約束の穴を突くつもりは毛頭ないよ！　ペテンにかける気もないね！　額面通りに受け取ってくれ！」

「……わかりました。行きます。でも、人質の解放が先です」

「やった！　おーい！　ペートルス！　放していいよ！」

俺が提案を了承するや否や、リタ＝ハインケスはびっくりするくらいあっさりと指示を飛ばし、黒服たちもすぐに人質の縄を切って解放した。

「でもシュトラウス氏！　忘れないでね!?　手を出さないというのは交換条件が成立したら、なんだからね！　君が努力を放棄していい、というわけじゃないよ？」

その通りだ。あくまでこれは、リタ＝ハインケスの譲歩によるもの。

大丈夫だ。話を聞くだけ。

おそらくは取引の類だろうが、俺の心一つでどうにかなる範囲なら少なくとも今の状況よりは遥かにマシだ。

「待て、ヴィム少年」

「……ごめんなさいカミラさん。でも、これしか」

「それはいい。私の無力が招いた結果だ」

カミラさんは首を横に振る。そして諦めたように息を吐いて、言った。

「だが絶対に、戻ってこい。いいな？」

彼女は俺を心配してくれていた。

そしてその心配というものが示す本当のところが、本人である俺には正しく測れていないものらしいということも、なんとなくわかった。

ラウラを守る【夜蜻蛉《ナキリベラ》】と、森を背に構える【黄昏の梟《ミナーヴァ・アカイア》】の一団が、距離を保って相対していた。

人質の解放が確認され、彼らは俺たちと合流した。代わりに俺が、リタ＝ハインケスの下へ行くことになる。

意を決して歩き出すと、ハイデマリーが後ろからついてきた。

「あ、ハイデマリー、それは」

「近くで見守るだけだ。いいですか！　リタさん！」

「いいよー！　でも、十歩くらいは下がってね！　邪魔はしないで！」

……どうも、いいらしい。

何から何まで、すべてがリタ＝ハインケスの思いのままだ。

すべてが読まれて、仕組まれていたように思えた。そうでなければわざわざ【黄昏の梟《ミナーヴァ・アカイア》】のリーダーが俺たちの目の前に現れるわけがない。

情報が漏れていた、ということなのだろうか。

いや、カミラさんは味方にすらどの幌馬車にラウラがいるか知らせていなかったはずだ。となると、馬車を特定した手段は限られてくる。

「……発信紋か」

「え？」

「発信紋だ、ハイデマリー。発信紋しか考えられない」

「ヴィム、気付いていたのかい……？」

「え？　いや、気付いたというか、それしか考えられないというか」

「せいかーい！　よくわかったね！　さすがシュトラウス氏だ」

俺たちを待っていたリタ＝ハインケスは、朗らかに言った。

「ラウラと、それから君にも発信紋を仕込んでるんだよ！」

「……遵法意識とか、ないんですね。国家以外の団体や個人による発信紋の使用は固く禁じられているはず、ですが」

「ふぐっ」

急に隣から変なうめき声みたいなものが聞こえた気がして、ちらとハイデマリーの方を見た。

彼女はどうもしていなかった。気のせいのようだ。

改めてリタ＝ハインケスの方に向き直る。

発信紋を刻める魔術印は厳重な監視の下に公的機関で保存されているはずだ。それを盗んで使用したとなれば、どれだけの法を破っているか想像がつかない。

「あんな便利なの使わないわけないよ！　というか法律の話をする人と会うのは久しぶり！　新鮮な気分だ！」

「その調子じゃ他にも仕込んでいたり、しませんか。盗聴器とか」

「盗聴器の小型化はねー、課題なんだ！　ぶっちゃけできてない！　それこそ盗聴石《アブホレン》とかあればよかったんだけどね！　実は盗ろうとしたら保管場所が移されていたのか、なかったんだよね！」

「……使えたら使うんですね、分別のない」

「ぐはっ」

「それに盗聴石《アブホレン》みたいな国宝級の魔道具はもうちょっとマシな使い方するよ！　あれは最も優れた通信装置として運用した方がいいし」

「ぎゃあっ」

……勘繰りすぎたようだ。

そこまで疑心暗鬼になる必要はない、か。

しかしわかってはいたけれど、ここまで遵法意識がないとなると根本的な認識を改めて警戒し直さなければならない。話を聞くだけと言われていても、本当にそれで終わるとは考えない方がいいだろう。

「というか、どうしたの、ハイデマリー。体調でも？」

「い、いや！　ちょっと躓いて腹腔がぐふっとなっただけ！　大丈夫だよ！　それよりもヴィム！　気張っていけよ！」

「う、うん……」

ハイデマリーに見守られながら、リタ＝ハインケスの前に立った。

この場にそぐわないその爽やかな笑顔に呆れつつも、何か魔術的なものを使われはしないか、警戒する。

「ごめんね？　手荒な真似で。失礼しちゃったよ」

彼女は最初に謝罪をしてきた。

「いやぁー、本当にさぁ、こんな予定じゃなかったんだよ。ラウラがいなかったら、もうちょっとゆっくり話せるんだけど、こればっかりは性急なものでさ」

「あの……本題は」

「君も大変な一日を送っているみたいじゃないか。つい先刻、迷宮《ラビリンス》から戻ったばっかりでしょ？いやぁ、君の発信紋がラウラと合流したときはびっくりしたね。こんな偶然あるんだーって！君の邪魔をしてしまったことは申し訳ないんだけども」

もしかして俺は今、談笑から入られているのか。

そんなふざけたことがあるか、と思った。

いけない。この人と言葉を交わすと、それだけで緊張感を馬鹿にされ、なかったことにされるような感覚がある。

「どういうつもりで――」

「まぁ、おかげで、考えるべきことを先延ばしにできたのかな？」

不意に音が消えた気がした。

臨戦態勢を取る。

改めて索敵魔術を走らせた。しかし異常な魔力波は返ってこない。

「何をしたんですか」

「結界とは違うものだよ。私も原理はわかっていない」

「誤魔化されるつもりはないんですが」

「いやー、まあ、張ってるのは私だけじゃないからね。君と協力している、みたいな側面もあって」

「……はい？」

「まあまあ、それよりもだね。えー、ごほん、ごほん」

リタ＝ハインケスは見せびらかすように喉を整え始める。

それからゆっくりと、満面の笑みで口を開いた。

「——ફરી સ્વાગત છે」

それは確かに、彼女自身の声ではあった。しかし発音と口の動きが合っていない。音が彼女の容貌と釣り合わないくらい低くて、揺れている。

なぜ彼女がこれを知っていて、あまつさえ話せるのかはわからないが、間違いようもなかった。

これは、迷宮《ラビリンス》の呼び声だ。

「こっちが本題だよ、シュトラウス氏。ラウラのことなんて、どうでもいい」

「なぜ、それを」

「最初に言っておくけれど、別に私がこの言語の話者というわけではないよ？　ただ単に聞こえた音をそのまま再現しただけさ！　でもねでもね！　そのまま言う、といっても相当苦労したんだ！　口と喉の形を総ざらいしたってまるで再現できなかったんだけど、魔力を込めたら一気にそれっぽくなる！」

リタ＝ハインケスはキラキラとした目で熱弁する。

「驚くべきは、文法を理解しなくても我々にはその意味がざっくりと理解できるということだ！　この場合の意味は、わかる？　そう、然るべき再訪を歓迎するような言葉、たとえば――」

彼女が我々と言ったのを、俺の耳は聞き逃してくれなかった。

「――おかえり、が近いかな！」

カミラさんが言っていたことの意味が繋がった。

迷宮《ラビリンス》の呼び声を聞いた者が【黄昏の梟《ミナーヴァ・アカイア》】に取り込まれるというのは、つまり。

「やっぱり、わかるんだ。私たちと一緒だね！」

あの声を聞く人間は、【黄昏の梟《ミナーヴァ・アカイア》】と同類だ、ということなんだ。

ようやく、話への入り方を間違えてしまったことがわかった。話以外の何か、取引や不意打ちじみたことを第一に警戒して臨んでしまった。

俺はもう、この話の重要性を知らしめられたのだ。

リタ＝ハインケスは満面の笑みで、俺の反応を楽しんでいるようだった。

「あまり拒否感を覚えないで。本心は違う癖に」

呼吸が浅くなっている。ただ、話をされているだけなのに。

「だって、迷宮《ラビリンス》の呼び声はね、心の底から聞きたいと思わないと聞けないものなんだよ？」

俺は彼女から目を逸らした。

良くない。これは本当に良くない。

聞く必要も、真剣に考える必要もない。聞き流せばいい。

なのに、今の説明だけでも、実感に即していることがわかってしまった。

乗ってはいけない。表情だけでも無関心を装うべきだ。

「無視をしないでよ、シュトラウス氏」

声が思ったよりも近くにあって、背がビクッと震えた。

気付けばリタ＝ハインケスは目の前にいて、俺の顔を下から覗き込んでいた。

予備動作がわからなかった。確かに俺は臨戦態勢を取っていたはずなのに。

視線が交差してしまう。逸らそうとしたけれど、追いかけられて、ついには瞳と瞳が合わさってしまった。

ぐん、と惹き込まれる感覚があった。呑まれた、と言ってもいい。

そしてこの感覚には、覚えがある。

「ほら、せめて相槌を返してくれないと。素直に聞くだけでみんな幸せ。破格の条件じゃないか」

迷宮《ラビリンス》に漂う、深淵に繋がっていくあの感じだ。

「君、〝あいつら〟、嫌いでしょ？」

「そんなことはないです」

俺は即座に否定する。

するとリタ＝ハインケスは、ニッと笑った。

「〝あいつら〟が誰かなんて、言ってないけど？」

「間違えました」

「自分の居場所がここじゃない、とも思ってる」

「違います！」

「違うんだよ、シュトラウス氏。最初から全部、違う。あいつらにはわからない」

「何を言っているかわかりません」

「いいや、理解しているね。迷宮《ラビリンス》の呼び声は心の鏡だ。君が周りを相応しくない、と思ったときに、あの声は語りかけてくる」

「知りません」

「否定しても無駄だよ。君は迷宮《ラビリンス》に来る。私たちはただ、同じ場所で待っているだけだ」

彼女は予言者のように言って、続けた。

「私はね、個人的にこの関係を〝同胞〟と呼んでいるんだよ」

内側から背中に、悪寒が走る。

磔にされたように体が動かず、首を回すことも許されないかのようだった。彼女の瞳孔に映った俺の眼が、俺自身を見つめている。

その緊張が頂点を迎えようとする手前で、不意に体が楽になった。

リタ＝ハインケスは俺から顔を離して、たっ、たっ、と後ろに下がっていた。

そして片手をぴっと額に当てて、快活に言った。

「はい、以上になります！　今日はこんな遠くまでご苦労だったね。ああ、そうだ、あと——」

彼女は最後に、今日一番の歪んだ笑顔で、こう締めくくった。

「——ラウラのこと、よろしくね」

俺がその意味を把握する一拍前に、パン、と手が打たれた。

「カミラ！　終わったよー！」

その素っ頓狂で親し気な声を聞いて、ようやく我に返る。

いつの間にか俺は、真剣に話を聞かされてしまっていた。


「おい、ヴィム」

カミラさんの下に戻る前に、ハイデマリーが言った。

「リタさんの言う、〝同胞〟みたいなことだけどさ」

「……うん」

「それなら私も、そういう扱いなんだぜ。現にリタさんは私を〝同胞〟と呼んでいる」

「え、そうなの」

「そう。でも私は地上で清く真っ当にピンピンしている。だから、そんなもんさ。真剣に受け止める必要はないよ」

そりゃあ、君は、と言いかけた俺に、ハイデマリーは微笑んだ。

「【夜蜻蛉《ナキリベラ》】の人たちに理解し難いこと、というのは実際にあるさ。集団ごとによって性質というのは違う。私なんかは賢者然としてるしね。でも——」

彼女はあくまで俺に委ねるように、言った。

「——人でなしになる必要なんて、どこにもないんだ」

俺は小さく、うんと返した。


幌馬車まで戻ると、カミラさんが待っていた。

「よく戻ってくれた」

彼女は俺を迎えて、優しい声で言った。

「リタに、何を言われた？」

「それは、その……迷宮《ラビリンス》の呼び声について、です」

「やはりそうか。他の、脅迫等はされなかったか？」

「それは、ありませんでした。あ、でも」

「どうした⁉　何かあったか⁉」

「ラウラによろしく、と」

「……悪趣味なやつめ」

カミラさんは横を向いて毒づきながらも、俺の顔を見ていた。

かける言葉を探させてしまったようだった。リタ＝ハインケスとの会話は、きっと、そういう意味を持っている。

「……すみません」

「いや、気にするな。やつのあれは一種の魔術みたいなものだ。被害者の意識を持ってくれ」

カミラさんは力なく笑った。今は踏み込まないと、態度で示してくれていた。

「ヴィム少年。君はここに戻ってきたんだ。それはやつに打ち勝ったということに他ならない。君は自身の正しさを証明した」

そう言ってくれると救いになるような、ならないような。唯一安心できることがあるとするならば、それは事態が一応の決着を見せたということくらいだった。

喉につかえたものは取れないまま、緊張感だけが解け、緩慢な空気の中で帰路についた。

人質の三人とラウラ、そして治療役のハイデマリーには馬車に乗ってもらって、俺とカミラさんは黙って馬車の護衛をしながら、フィールブロンまで歩いていく。

カミラさんはふと、自然に俺のそばに来て、幌の中には聞こえないように、言った。

「迷宮《ラビリンス》の呼び声を聞く者はな、場合にもよるが、大抵は自分には居場所がないと感じているものなんだ」

図星だった。

そして、いろんなことに符合した。

流れるような切り出し方だったけれど、俺は言葉に詰まって俯いてしまった。

「わからないんだ、ヴィム少年。私の目には君は確かに満たされているように見えた。私は君に最大限の報酬と環境を用意したつもりだ。君は我々に価値を感じてくれているようにも尊敬してくれているようにも見えたし、私たちのために自らを変えようとし、そして実際に変わってくれたと思っていた」

その通りだ。だってそう思って、そうなるように振る舞っていたんだから。

カミラさんにもそう見えたのなら、俺にしては上出来だ。

「息苦しかった、のか？」

だけど、本心なんて言えるわけがなかった。

「私は、もちろん私以外の連中も、間違いなく君の相談に乗ってやれる。それは距離を取りたいということも含めてだ」

カミラさんは相も変わらず公明正大だった。

「だから、早まった判断は待ってくれないか」

その言葉に嘘はなく、彼女が率いる【夜蜻蛉《ナキリベラ》】は答えてくれる。

間違いはない。そこになんの疑問もない。

「……まずは、心を休めてくれ。我々は、待てるから」

俺はずっと黙っていた。会釈をするくらいが限界だった。

頭が疲れる。あまりに長い一日だった。

正気を失いながら迷宮《ラビリンス》に潜って、馬鹿みたいに戦って、ラウラを見つけて。そうしたらいつの間にか【黄昏の梟《ミナーヴァ・アカイア》】との抗争が始まり、挙句の果てにはリタ＝ハインケスのご高説を聞かされた。

考えるべきことが多すぎた。

そしてその考えるべきことは、まだ残っている。迷宮《ラビリンス》の呼び声について、つまり俺自身のことは、確かにそうだ。でも、それ以上に何かが複雑に絡まって、解けないでいる。

その何かの中核は、何気ないあの一言だった。

――ラウラのこと、よろしくね。

自分が何を気にしているのか、わからなかった。

第三話　亜人少女

迷宮《ラビリンス》の森で、私は死を待つばかりでした。

痛くて、怖くて、辛くて、気を失うこともできなくて。背中のむこうにはたくさんの怖い気配がありました。

逃げられもしませんでした。足の感覚がなくなって、ぴくりとも動かなくなってしまったのです。

いろんなことを思い出しました。やっぱり死にたくなくて、泣いたりもしました。もうこの次には噛まれて、千切られてしまうのだと思って、また泣きました。

しかしそのとき、奇跡が起きたのです。

——大丈夫。俺は君を、助けに来たから。

その人は突然現れて、そう言いました。

——今から少しの間、走れるようにする。

その人がほわん、と腕を振ると、痛くなくなって、私はひょいと立つことができました。それだけではありません。走ることができたのです。

怖い場所からたん、たん、たん、たんと跳んで、風を切って走りました。

とても、とても速かったのです。自分で走るよりずっとずっと速い、飛ぶような心地でした。

まるで昔話の魔法使いさまが出てきて、魔法をかけてくれたような、そんな瞬間でした。

――……俺が、守るから。

その人はそのあとも、苦しいときに肩に手を置いてくれました。必死に私を守ってくれているみたいで、あの人が怒っても、前に立ってくれたのです。私はそれでようやく安心して、眠ることができました。

そうして私は助かりました。

目覚めた先は、まっくらで怖い〝学校〟ではなくて、明るくて暖かい病院でした。

その人はお見舞いに来てくれました。名前は、ヴィムさまというそうです。

昔話の魔法使いさまみたいに、偉そうでも、強そうでもない人でした。声も小さくて、伏し目がちだったけれど、でも、優しい人だとわかりました。

私は感謝の気持ちでいっぱいでした。

ここは良い場所です。怖いことなんて何もありません。ずっとずっと怒られて、痛いことをしないといけないあの場所とは大違いなのです。

だから、これ以上を望むなんて贅沢です。

最後に走ることも、できたのですから。

＊

「大切なのは自分を否定しないことです。そして、回復しようとすることも、無理に納得しようとするのも良くないです。良くなる、ということを目指すより、落としどころを探す、くらいがいいでしょう」

「……はい」

「ごめんなさいね、繰り返しになりますが、病人として扱っているわけではありませんからね。何しろ特殊な現象なので、対応が仰々しく見えてしまうこともあるでしょうが」

「大丈夫です、それは。理解しています」

「よかったです。でも、精神に関わることですから、睡眠不足は望ましくありません」

「はい」

「どうですか。ここ最近は、眠れていますか」

「……あんまり、です」

「無理に眠ろうとする必要もありませんよ。眠れないことに落ち込んだりは、しませんか」

「落ち込むというのは……特に」

「あらあら、それは結構。日光は浴びていますか?」

「それは、はい」

「結構結構。大変良いですよ。呼び声が発生するのは主に夜なので――」

つらつらと、通り一遍の話をしていく。

今、俺と話してくれている壮年の女性は、冒険者ギルドから派遣された心理相談員《カウンセラー》さんである。

彼女はフィールブロンでも数少ない、迷宮《ラビリンス》の呼び声について知る人物だった。呼び声の特徴やある程度の対処法まで心得ていると聞いている。

迷宮《ラビリンス》の呼び声は昔から稀に起きる現象らしく、冒険者ギルドは情報を隠しつつも、裏ではしっかり対処する体制を整えていたということだった。

ラウラを救出した日から、一週間が経っていた。

カミラさんから言い渡されたのは、二か月の謹慎、もとい休暇だ。

扱いとしては休暇なので、基本は何をしていてもいいと言われているが、定期的な所在の確認と夜間の外出の禁止、そして今のような、三日に一回の心理相談《カウンセリング》が義務付けられている。

「――では、また三日後ですね。ごきげんよう」

「あ、ありがとうございました」

心理相談員《カウンセラー》さんのにっこり笑顔に一礼し、応接間を出た。

自室に戻ったら急いで扉を閉めて、同時に後ろ手で鍵をかけた。

ふう、と息を吐き、明かりを点けずにベッドに倒れ込む。

特に眠いわけではないのに、疲労感だけがある。

カミラさんには羽を伸ばせ、とは言われたものの、どうにもやり方がわからなかった。

外出はそもそもあまり好きじゃないし、何かを食べたとて味もよくわからなくて、食の楽しみというものも見出せない。体を動かすとすっきりした気がするけれど、根本的な問題の解決にはなっていないので、少し元気になった頭で悩むだけだ。

結局やることといえば、本を読むか、付与術の改良をするくらいだった。

あの日以降、【夜蜻蛉《ナキリベラ》】の屋敷もあまり心地良くない。

団員のみんなは、一人残らず優しい。気遣って話しかけてくれる一方で、無理に踏み込んでこない慎重さも持ってくれている。

でも、人の気配が怖い。部屋の前で足音がすると、それが誰のものなのか気になってしまう。

外で何かを運んでいそうな音がすると、妙に罪悪感を覚える。

食堂に行くにもわざわざ人がいない時間を選んでいるし、それでも誰かがいたならば、引き返してご飯を抜くこともある。

心理相談員《カウンセラー》さんに言った通り、あまり眠れてはいなかった。毎日の生活リズムは崩れ気味で、なんとか一日一回は日光を浴びることに成功している、くらいだった。

しかし、病的な気はしないのだ。

それどころかしっくりすらきてしまう。気分が沈んでいて、俯いているこの感じは、苦しいけれども一番楽だ。

ならば何に悩んでいるか、というと、それも困ってしまう。

実のところ、心の整理は終わってしまっているようでもあった。問題は一歩踏み出すかどうかで、実行には踏み切れなくて、躊躇っている。

怖い。自分の気持ちを言語化して、確定させてしまうのが、どうしても。

「[illegible]」

聞こえてきた声は無視をして、布団を被った。


ラウラの病室には毎日来ていた。

成り行きとはいえ救助した以上は気がかりだったということもあるし、主治医の先生にも、しばらくは会いに来てくれると助かると言われていたのである。

彼女のような身の回りに味方のいなかった子供は、たとえ医師や看護師であったとしても、他人を信用するまでに時間がかかることが多いらしい。その点、彼女を直接救助した俺は、人の輪を広げていく足がかりとして適任この上ないとのことだった。

そして俺にとっても、このお見舞いは嫌なことではなかった。

病室の扉をノックして、返事があったので、開けた。

「……あ、ラウラちゃん」

「……ヴィムさま！」

ラウラはベッドに背を預けたまま、俺に顔を向けてくれた。

ずいぶん、顔に血の気が戻っている。まだ立って歩くことはできないようだけれど。

「あ、えっと、これ、本……だよ。昨日読みたいって言ってた」

「ありがとうございます！」

ベッドの隣の小机に、お土産を置く。

「あ、その……元気？」

「はい。今朝はいっぱい、ご飯を食べました」

「そっか。それはよかった。えっと」

しまった。本の話をしようと思っていたのに、ご飯の話になってしまった。

「……何、食べたの」

我ながら、酷い話の繋ぎ方である。

それでも彼女は元気に話してくれた。

俺には普通に話してくれているようだけれど、主治医の先生曰く、病院の人たちにはまだどこか一枚壁があるようだ。

努めて元気に振る舞ってくれている、のだと思う。

顔にもどこか、影があるように見える。もしもちゃんと回復した彼女だったら、もっと溌剌な笑みを浮かべるんだろうと、なんとなく想像する。

「──ラウラちゃん、その」

「はい、ヴィムさま」

「早く、治ると、いいね」

「……はい」

お世辞にも人との会話が得意とは言えない俺だけれど、一日十数分のこのお見舞いは妙に落ち着いて、気持ちが楽になることさえあった。

彼女を目の前にすると普段の自分と変わる。正義感と善人面で背筋が伸びて、上っ面の言動ができるようになる。

それはある種の思考停止なのか、少なくとも彼女と話している間は抱えている悩みに向き合わなくて済む。

とことん自己中心的な自分に笑ってしまった。

要は、善い行いをした象徴を見て、人間ぶった気分に浸りたいだけなのだ。


また、一週間が過ぎた。

心理相談《カウンセリング》はちゃんと続けている。

「……どうですか、ここ数日、呼び声は聞きますか?」

いつもの応接室で、心理相談者《カウンセラー》さんは言った。

「……はい。割と」

「そうですか。では、睡眠は? 眠れていますか?」

俺が首を振ると、彼女は微笑んで頷いてくれる。

「正直、そんなに眠るつもりもなかったり、しませんか?」

それから不意に図星を突かれて、俺は黙ってしまった。

「そもそも、あまり私と話すことも乗り気ではない……ですよね？」

「うっ……」

「大丈夫ですよ。むしろどうにかなろう、という気持ちで来られる方が難しかったりします。何かを変えるというよりは、私が言ったことを加える……いえ、並べる、見てみる、くらいの軽い気持ちでいてください」

心理相談者《カウンセラー》さんの話し方は、緊張するのが肩透かしなくらい柔和だ。

すごく予防線を張られているのに先回りされている感じがないし、何を話しても聞き流されている気がしなくて、それでいてすごく慎重にしっかりと一歩を踏み込んでくる。

「気の持ちようは人ぞれぞれです。そんなに努めて変える必要がないように感じるのは、あるいは良い傾向と言ってもいいかもしれないです」

「そういう、ものですか」

「ある種の落ち着いた感じがあるのなら、目先を変えてみることもいいかもしれません。最近、外には出ていますか？」

「あ、はい、たまに……お見舞い、ですけど」

「はいはい。ラウラちゃん？　ですよね。お話は伺っています」

「そ、そうです。そのくらい、で」

「お見舞いにはどの程度の頻度で？」

「毎日、です」

「……なるほど」

心理相談者《カウンセラー》さんは俺の言うことを勘案しているようだった。

もしかして、この状態でラウラのお見舞いをするのはあまり好ましくないのだろうか。

「あ、あの、あんまり、良くない、ですかね？　呼び声を聞いている人間が、そういうのは」

「まさか。それどころかとても良いことです。経緯が経緯ですし、そうですね、呼び声とは別に、たとえば万が一ヴィムさんを頼りにしすぎて看護師さんの言うことを聞いてくれない、ようなことになりそうなら主治医がちゃんと止めてくれます」

「あ、はい。そうですよね」

「人と会うために外に出る、というのはとても大事です。ラウラちゃんも喜ぶでしょうし、行ってあげてください」

お墨付きをもらえたので安心する。

やはり心理相談者《カウンセラー》さんの話し方は巧いのだと思う。話しているうちにいつの間にか先生と生徒のような関係になって、俺はいつの間にか助言をされる立場を受け入れている。

あんまり役に立っている気は、しないのだけれど。

「あの……呼び声を聞いて、その、元に戻った？　人は、いるんですか」

応接室を出る前に、そう聞いた。

「いますよ」

心理相談者《カウンセラー》さんは毅然と、強い事実を伝えるように答えて、続けた。

「そもそもですが、フィールブロンでは極々まれに子供が『変な声を聞いた』と言うことがあるんです。そのときも私の出番なのですが、案外、数回の心理相談《カウンセリング》を経ただけで、もう声を聞いたことをけろっと忘れていたり、そもそも一過性のもので、私の出番なんてなかった、ということはままあります」

「じゃあ、早めにわかりさえすれば、治るものなんで――」

「ヴィムさん。治る、ではありませんよ。聞こえなくなる、にしましょう」

「――はい。す、すみません。聞こえなくなるもの、なんですか」

「そうですね。聞こえなくなる例は、ちゃんとあります」

少し言い方に引っかかってしまった。

「……じゃあ、ずっと聞こえていた例は？」

「そういう子も、います」

心理相談者《カウンセラー》さんはあくまで、淡々と事実を述べているようだった。


病院の中庭で、ラウラの車椅子を押していた。

傷の具合も大分良くなったので、病室の外に出ることが許されるようになったのだ。

陽光が温かい。こうして温められると、睡眠不足の状態でもちゃんと血が回って、普通に目覚めた日の昼と何も変わらない気がしてくる。

「……俺も、ここでリハビリしたな。そういえば」

「ヴィムさまも入院、してたんですか？」

俺が呟くと、ラウラが意外そうに答えた。

「あ、うん。結構前だけど、迷宮潜《ラビリンス・ダイブ》で怪我をして」

「怪我、ですか？　大丈夫なんですか？」

「うん。もう治ってるから」

「ラウラくん、それはヴィム少年が階層主《ボス》を倒したときの怪我だよ。敗北の傷ではなくて、勝利のあとの休息のようなものだ」

隣を歩いていたカミラさんが言って、続けた。

「君の後ろのその御仁は、見た目よりもずっと大した男なのだぞ？」

そう聞いて、ラウラが振り向いてキラキラした目を向けてきた。

今日はハイデマリーとカミラさんが一緒だ。

ハイデマリーは賢者として、主治医に治療の助言をしに来たらしい。一方でカミラさんは【夜蜻蛉《ナキリベラ》】の団長として、【黄昏の梟《ミナーヴァ・アカイア》】の情報を聞きだせるかを確かめに来たとのことだ。

そしてその二人が、ラウラと会話するたびに俺の話題を介するので、彼女の中にどうにも過分な人物像ができつつある。

「……ヴィムさまってもしかして、すごい人、なんですか？」

悪い気はしないけれど、くすぐったくて申し訳なく思ってしまう。

俺はそんなに、立派な人間じゃないから。

ラウラを病室まで送り届け、三人でさよならを言って、病室の扉を閉めた。

「もう大分、良くなったみたい」

歩きながら、ハイデマリーに同意を求めた。

「……そうだね」

「実際の容体は、どう？　まだ立てないみたいだけど」

「元気だよ。組織の治療は完了してる。最新鋭の治癒が施されたからね」

「歩けるのは、いつ？」

「わからない。機能回復の方にはリハビリが要るし」

「……そっか」

自分が入院していたときのことを思い出した。

そういえば、みんなにいろいろやってもらったっけ。何か節目のたびに特別なお見舞い品をもらった気がする。

「回復祝い、みたいなやつはあるんだっけ？　ごめん、俺、よくわからなくて」

「あー、まだ、来るよね、お見舞い。そりゃ」

「うん。……え、俺、そんなに薄情なつもりは」

「そうじゃない。あー、うー、そのー……」

ハイデマリーの様子が変だ。

いつもはっきりしている彼女にしては要領を得ない。何か性分に合わないことをしているかのようだった。

彼女はカミラさんの方を見て、諦めたように言った。

「カミラさん、やはり、隠せないでしょう。姑息な真似だったのでは」

「……そうだな」

言い淀むカミラさんから、不穏な空気を感じた。

「すまないヴィム少年、実は」

「私が言います。診断を下したのは私なので」

「……覆らん、のだよな?」

「再生医療は私の研究課題です。私が言うんだから、間違いない」

「ハイデマリー、どうしたの? 何か変なことでも」

「ヴィム、あの子の容体についてだが、治療が完了したのは本当。だけど、さっきのリハビリ云々は嘘だ」

「……へ?」

「下半身が麻痺してる。原形がわからないくらい腰付近の神経を酷く損傷してしまったんだ。現在の医療技術では修復は不可能。おそらくはもう、立ち上がることすら――」

最後まで聞かずに振り返って、駆け出した。

看護師さんを避けて、廊下を走っていく。

俺はとても焦っていた。自分でもなぜかわからない。

病室の扉を開けた。

俺を認識してから、ラウラは戸惑って、それから驚き半分で口を開いた。

「あ、えっと」

その頬が努めて強く上に引っ張り上げられる過程がやたらと鮮明で、笑おうとしてくれる一瞬だけ前の表情が、殊更に際立ってしまった。

ついさっき俺に見せてくれていた顔とはまるで違っていた。魂が抜けたように力の入っていない目は、病室の壁のむこうにある地平線の下を見ていた。

ああ、そうなんだ。

彼女は無理をしていた。

俺はなんにも気付いていなかったんだ。

「ヴィムさま、どうし――」

「君はっ……大丈夫！　俺がなんとかする！」

戸惑うラウラの手を握った。

俺を突き動かしているのは、なんだ。

彼女に対する憐憫なのか。身寄りのない孤児で、せっかく地獄のような環境から抜け出したはずなのに、希望を打ち砕かれてしまったことに、心を動かされているのか。

そのはずだ。本心だ。嘘じゃない。なのに。

――ラウラのこと、よろしくね。

肺の奥に突き刺さったリタ＝ハインケスの言葉が、不気味に燻っていた。

「ヴィム！　君は何をしようと……」

後ろから、ハイデマリーが追いついてきた。

「私が診断を下してる。今の魔術では壊死を防ぐだけでも上出来で」

「ハイデマリー！　この子を救助したのは、転送陣の前だよね⁉」

「あ、ああ。倒れてて」

「あそこまでは、俺の強化《バフ》で走ってもらったんだ！」

「そ、そりゃあ、そのときは、動いたかもしれないけど」

「あのときだって脚は動いてなかった。俺が新たに術式を組んで、無理やり付与術で筋肉を動かしたんだ」

「……は？」

「原理自体は普通の強化《バフ》とそこまで変わらない。筋肉の性質を変え続ければ、疑似的に運動を再現できる」

「それは、あくまで補助じゃ……ないのかい？」

「強度さえ上げれば、できる。現にできたんだ。もう一回やればいい」

あのときの術式を思い出そうとする。下半身の四百の筋肉を上半身の動きと連動させて——

ああもう、煩雑だ。これじゃ何日かかるかわかったものじゃない。

「移行：『傀儡師《ペブンシユピーラー》』」

景色がゆっくりになった。

もう一度『解析《エナルーズ》』を発動して、より詳細にラウラの身体を計測し直す。それから再度、一つ一つのコード群を検討して、術式を組み直した。

あのときの感触を思い出す。

そう、右足が地を蹴って接地するまでを一周期に、四百の筋肉が収縮、弛緩するすべてのパターン。四十八種類の停止と、五十段階の跳躍の場合に対応させて、調節すべきコードはおよそ五十万群。それを全部、今の彼女の身体に鑑みて、洗い直す。

頭が熱くなる。

髄液がちょっと、出た気がした。

処理が終わる。

俺はちゃんと、ラウラに見せないように顔を伏せていた。喉がヒッと震えそうになったけれど、耐えた。

なんでもないふりをして、俺は優しくラウラに声をかけた。

「ら、ラウラちゃん、あの、えっと……承認して。付与術を受け入れます、と言うだけでいい」

「え？　え、えっと……」

「大丈夫だから。俺を……信じてほしい」

「受け入れ、ます」

詠唱をする。

強化《バフ》の光が、優しく彼女を包み込んだ。

「――よし、付与済み《エンチャンテッド》。手の動きと連動させてるから、足が動くつもりで、手でベッドを押して、立ち上がってみて」

彼女の手を優しく引いて、ベッドの端に誘導した。

病室の扉のむこうからドタドタと足音が聞こえた。カミラさんと、騒ぎを聞きつけた医者、看護師さんたちが集まってきているみたいだ。

彼らはその光景を見て立ち尽くした。

ラウラはベッドの脇に、立っていた。

第四話　孵化の儀

ラウラの主治医と【夜蜻蛉《ナキリベラ》】の研究班を交え、会議が開かれることになった。

「――大発明、ということに、なるでしょうな。付与術にこんな使い方があったとは」

主治医の先生は未だに衝撃が抜けない、という顔で言った。

いくつもの細かい検証ののち、俺がラウラに施した歩行の強化《バフ》は、下半身不随の人間の歩行手段として確かに有用であるという結論が出た。

「ラウラさんを患者一号として、論文の作成をすることになるでしょう。通ればおそらく、付与術師の医者という存在が検討され始めます」

この術式には、一度歩けなくなった人間が歩行できるようになる、という他にも、数々の利点が見つかった。

付与術による歩行は、外部の機器の助けを借りるのではなく筋肉本体を動かすから、筋肉自体に刺激が入る。そのため脚がやせ細ったり、脆くなったりするということが起こらない。脚の形を普通の人と同じように保つことが可能なのである。

また、俺の付与術の原理が簡単なのも、拡張性が高く習得が容易という点で幸いした。高位の属性付与を使うわけではないので、並みの付与術師でも詠唱に時間をかけさえすれば発動自体は難しくない。

医療用というのも、付与術を習得、使用する難易度を下げる要因になる。迷宮《ラビリンス》での戦闘の中で強化《バフ》を常に柔軟に応用し続けるのならいざ知らず、あくまで日常の生活に使う程度であれば、差し迫った状況は想定しなくていい。たとえ詠唱に一時間かかったとしても、動けるというのならこの術式を使いたい患者はたくさんいる。

主治医の先生と、研究員たちが、代わる代わる意見を述べた。

応用範囲も広い。術式の一部を使えばリハビリにだって応用が効く。彼らが提示した使用方法はどれも大きな可能性を感じさせた。

だが一つ、大きな問題点もあった。

「問題は、強化《バフ》の持続力か？　患者が日常生活を送るためには、常に付与術師に付き添ってもらう必要があるし、長時間の付与となると魔力も不足してくる」

会議が煮詰まってきた頃、カミラさんがそうまとめた。

「それは、付与術師の数が増えてくれれば解決するでしょう。医院に寄れば付与術師がいる、という体制なら、車椅子と併用してかなり楽に日常生活が送れます」

研究員の一人が言った。

「未来の話はそうだな。ただ……ヴィム少年」

カミラさんは俺を名指しした。

「はい、なんでしょうか」

「まさか、ラウラくんが常に歩ける体制が整うまで、病院に住み込むつもりではなかろうな？」

「……必要なら、そうするつもり、ですが」

カミラさんは大きくため息をついた。

「君の責任感はわかるがな、少し、ラウラくんに肩入れしすぎじゃないか？　ここ最近は寝ずに彼女の術式を組んでいるらしいじゃないか」

「それは、あの」

「価値あることだ。時間は割いてくれ。だが、自分を犠牲にするな。展望は見えているし焦ることはない」

「でも、それじゃあ、普通に過ごせるまで何年かかるか――」

「あるでしょ、簡単な解決策」

呆れた声で、ハイデマリーが割り込んできた。

「ラウラ本人が付与術師になればいいんだよ。あの子、魔力あるでしょ」

「……あ」

俺に続いて、主治医の先生も、研究員たちも、ああ、と言った。

みんなが変に視野を広げすぎていて、完全に抜けていた発想だった。

言われてみればそれが一番良い。本人が術者となると他者と通り道《パス》を通さなくてよくなる分、かなり効率的に強化《バフ》を扱えるし、習得難易度もグッと下がる。

「……今年の儀式はもう終わったはずでは？」

しかし、そんな声も上がった。

そうだ、賢者協会が執り行う職業取得の儀式は一年に一度だけ。今年の儀式が終わってしまったのなら、来年まで待たないといけない。職業の取得は賢者様にしか行えない特殊な儀式なのだ。

「待てますか？　リハビリで保たせるにしても、一年待つとなるとラウラさんの足腰は確実に弱ります」

「賢者協会にお伺いを立てるべき……だろう」

「誰が取り次げるんです？　学院出身者でも時計台と面識のある者は滅多にいないし」

「これほどの発明だぞ⁉　賢者様だってこの意義はご理解なさる！」

「いやぁ、賢者様がそういう尺度で動いてくれるとは思わない方が……」

主治医の先生と研究員たちが口々に言う。

カミラさんも苦い顔をしていた。

せっかく良い案が出てきたのに、手続きの問題で足踏みしてしまうのは歯がゆい。

特に賢者様の説得、というのは並大抵のことではない。

賢者様といえば、傍若無人であり、極度の自分勝手で、気まぐれかつ非常に気難しい。思い通りに動いてくれる類の人ではない、というのはフィールブロンでは常識である。もしも彼らの説得に成功したのならば、それだけで逸話になるくらいなのだ。

これは、相当厳しい試みになる。

いや、たとえ一年延びたとしても、俺の気持ちは変わらない。

ラウラのことは、俺が責任を取らないといけないと思っていた。一年くらい彼女につきっきりになったって――

「……このパーティーで私がどれだけ軽んじられているか、よーくわかったぜ」

ハイデマリーが不機嫌丸出しで、もう一度割り込んできた。

「私がその賢者様だろうが。七十四代目の」

みんなでもう一度、ああ、と言った。


血がベッドの上に落ちないように、ラウラは慎重に指先を秤の皿の上に持っていく。

そして、皿の上に血が垂らされた。

三人で固唾を呑んで見守っていると、賢者の秤《グライトヴィヒト》はひとりでにゆっくりと傾いた。

「十七度……やはり、あるね。それも相当な魔力量だ。これなら適性が低くても、職業さえ取得したなら付与術を扱える」

ハイデマリーがそう言って、俺はほっと息を吐いて安心した。

「というわけで、君には選択肢ができた」

ラウラの目を見据えて、ハイデマリーは続ける。

「もちろん、職業の取得は不可逆なことだし、今すぐに決断をする必要はない。ただ、あんまり決断を遅らせるとその間に下半身の筋肉が弱っちゃって、機能回復にてこずるようになる、とは言っておくよ。急かすわけじゃないけど、やるなら早い方がいいことではある」

再三の検討の末、やはり、ラウラ本人が付与術師になるのが良いと結論付けられた。

未来への大きな展望がある症例ということで、病院側もかなり乗り気である。実験を兼ねた試みであるがゆえに治療費も医院が全額負担することになっているし、事故が起きた場合の補償まで含めてされることになった。

破格の条件と言っていいと思う。

……俺の付与術に大きく依存した治療なのは、重圧だけれど。

ラウラはまだ話をうまく呑み込めていないようだった。

俺とハイデマリーを交互に見たり、賢者の秤《グライトヴィヒト》の傾きを不思議そうに眺めて、思案をしている。

俺たちは促すこともなく、彼女が口を開くのを待った。

「あ、えっと……やり、ます」

そして彼女は素朴に、言った。

ハイデマリーは決意の程度を測るように問うた。

「確認するけど、その心は？」

「その……減るものじゃ、ないし。歩けないのに、他の職業を取っても仕方ない……ので？」

「あいわかった。儀式まで時間はあるから、気が変わったのならいつでも取り消してね。契約とか、仰々しくは進むんだけど、あんまり気にしないで」

「は、はい……」

答えてなお、ラウラはどこか落ち着かないように見えた。

「どうしたんだい？　何か、不安なことでも？」

ハイデマリーが聞いた。

「あ、え、えっと」

「言ってみな。些細でもさ」

「あの、その……」

ラウラは言うか言うまいかして、独り言のように呟いた。

「……本当に、歩けるように、なるん、ですか？」

ハイデマリーは一度真顔に戻ったあと、ニッと笑って、俺の方を見た。

「言ってやれ、ヴィム。まだ信じきれてないみたいだから」

「いや、でも、本当に厳密に確実なこととは」

「始めたのは君だろうがよ」

「うっ……」

「それに、かなり確度は高いよ。だから、言ってやれ」

背を押されて、改めてラウラの前に立たされる。ハイデマリーはそのまま俺の後ろに回り込んで、逃げ道を塞いできた。

ラウラがじっと、俺の目を見て、何か言葉を待っていた。

さすがの俺でも言うべきことはわかる。

がらじゃない。でも、俺にしか言えないことだったら、やはり、言うしかない。

だから勇気を振り絞った。

「君はまた、立てる。自分の力で。走れだって、する……から」

しばしの沈黙があった。

ラウラの頬から、一筋の涙が垂れた。

「あっ、え、え⁉　いや、えっと、そんな！　ごめん！　えっと！」

彼女は声を上げて泣き出した。

ずっと堪えていた何かが堰を切って流れ出したようだった。

「うっ、うっ、うっ……うぇっ……うっ、うっ、うっ」

「ごめん！　ラウラちゃん、その、えっと！　どうしたの？　え？　え？」

「違う違う。大丈夫だって、ヴィム」

ハイデマリーが呆れたように言う。

「朴念仁がよ」

「え？　あ、えっと」

「ほら、肩に手を置くくらいはしてやれ」

言われたままにラウラの肩に手を置くと、よりいっそう泣き出されてしまった。離そうとしたら、ハイデマリーがその上からグッと押さえてきた。

泣き声でありがとうございます、と言われて、ようやく悪い意味で泣かれたわけじゃないんだとわかった。

職業取得の儀式は病院の中庭で行われることになった。

簡易ではあるが、斎場が設置された。

小劇場の舞台くらいに大きな白い布が引かれて、その上には幾何学模様の魔術陣が描かれている。魔術的な風水にしたがって、鉄、アダマント、翠玉、金が東西南北に重石として布の上に置かれ、そして最後に祭壇が設置された。

入院中の冒険者、もしくは元冒険者が、ちょっとした見物客として中庭の周りに集まっている。

出る言葉はどれも一様に「あー、懐かしい」だとかである。俺にも思い出されるものはあった。

冒険者ならそう思わずにはいられない光景だ。

斎場の真ん中で、ハイデマリーと車椅子に座ったラウラが向き合った。

「あの……賢者さま」

いざ儀式が始まる手前、ラウラは緊張した面持ちで尋ねた。

「ん？　なんだい？」

「〝繭〟って、辛いん、ですか？」

「おー、辛いぜぇ？　私のときはもう五日間ずーっと血ぃ吐きっぱなし。後にも先にもあんなに辛いことはなかったよ。いやぁあのときは大変だった」

「ひっ」

「もっとも、付与術師には〝繭〟はないから蛹化《パプ・ア》の儀もないようなもんなんだけどね。すぐに終わるよ」

「……え?」

「冗談ってことさ、君の場合はなんにも痛くないよ」

「もう!」

二人はなにやら軽口をたたき合っている。

案外、相性はいいのかもしれない。

ハイデマリーは立ち直して杖を構えた。

『じゃあ、孵化《サフ・ア》の儀を始めようか』

そう言ったのか、それとも唱えたのか。

賢者にとってはさしたる違いはないらしい。詠唱によって魔術が起こるというのは、彼らの流儀からすれば的外れのようだ。

曰く、詠唱により魔術が起きるのではない。己の魔術に、詠唱が起こると。

病棟の屋上から中庭に向かって、風が吹き込み始めた。

植木がビリビリと揺れる。斎場に敷かれた布が張りつめながらはためく。鼓膜が押されるくらいに気圧が上がり、地に跳ね返った風が吹き上がって、自覚できるくらい体が軽くなる。

ハイデマリーは心臓からコゥ、と光を発しながら浮き上がっていた。

俺も、ラウラも、見物人たちも、みんなが圧倒され、あるいは座り込んでしまうくらいの威圧感が中庭を支配している。

　普段があんまりにも気安いから、忘れてしまいそうになる。

　彼女こそ、七十四代目賢者に他ならないのだ。

『おいで、ラウラ』

　響く声に導かれて、ラウラは車椅子の車輪を一回りさせて歩み出る。そして聖体を受け取る信徒のように、浮かぶハイデマリーを仰ぎ見た。

　ハイデマリーはラウラを見下ろして、言った。

『開胸《アインシュニット》』

　ラウラの胸から少し離れた空間にヒビが入って、そこから淡い光が漏れた。

『……楕円体。歪み正に〇・七。エー・ベー・エム・ピー、七、六、五、二。付与術の適性は強いね。うまくいくよ』

　希望通りの診断が出て、ラウラがほっと息を吐く。

　あとは賢者が発行する呪文を唱えるだけだ。

『じゃあ、詠唱を教えるね
呼べよ嵐《ディ・ウィーナ》　汝は風の民《ダア・ストラムーダ》
魔女より賜る銀の靴《ヅィーヴァネ・シューヴァ・フォン・ヘクセ》
西方に坐す翠玉の宮殿《シーツエナ・ウエスナ・イエーダルナ》
素には恵愛《アド・アンモウト》

知《ウイセーヌ》を得　心《ファセーヌ》を埋め　勇気《ニヴエーラ・ウオム》を奮え
今諒解する
我は付与術師となる
ほら、言ってみて』

「あ、えっと、すぐには、覚えられなくて」

ちなみに、呪文は丸暗記して唱えないと効果がない。なので通常、職業取得の儀式においては、書き物をして覚えられるように紙と鉛筆が準備されている。

ただ、この暗記に苦労する子供は、基本的にいない。

『大丈夫。適性からすると覚えているはず。諳んじて言ってごらん』

「あの、私、そんなに頭は」

『ほら、最初はなんだった？』

「え、えっと……」

ラウラは呪文を思い出そうとして、驚いた顔をした。

「呼《ディ・ウィーナ》べよ嵐――、ほんとだ」

『適性というのはそういうものなんだ。魂の形だからね』

これにて、職業取得の準備が整った。

存外にあっさり事が進んでしまったのが不安だったのか、ラウラは一度、俺の方を見た。

俺が下手な笑顔で頷き返すと、彼女は決意して前に向き直り、詠唱を始める。

「『呼べよ嵐《ディ・ウィーナ》　汝は風の民《ダア・ストラムーダ》――」

懸命に唱えるラウラを見て、昔を思い出した。

俺はああやって、付与術師になったんだと。

七十三代目にはこう見えていたのか、と思って、変に大人ぶった気分になってしまった。

「――今諒解する
我は付与術師となる』」

詠唱が終わると、ラウラの体の中心で仄かな光が拍動した。

光は心臓のようにドクン、ドクン、と拍動を繰り返し、そのたびに膨張して輝きを強め、有機的な輪郭を獲得する。そしてその輪郭は物体にも干渉し始め、空間を押しやって揺るがせ、心音を波として伝搬させる。輝きは指数関数的に増し、ついには瞬くように最盛期を迎え、急激に収縮してラウラの体の形に収まった。

ハイデマリーが地面に降りる。それから戸惑うラウラの顔を見て、優しく微笑んで言った。

「おめでとう。君は、付与術師になった」

最初に手を鳴らしたのは誰だっただろうか。

パチ、パチ、パチという音が、鳴るたびに倍に増えていく。

いつの間にか拍手が中庭を埋め尽くしていた。ラウラは戸惑っていたけれど、次第にその拍手が自分に注がれているとわかって、はにかんだ。

俺は拍手が鳴り止むまで待ち、ラウラとハイデマリーの下へ駆け寄った。

「あ、ラウラちゃん、お疲れ様」

「ヴィムさま！」

ラウラはほっとしているように見えたけれど、少し様子がおかしくもあった。

なんだか、そわそわしている。

想像を巡らせてみると、その理由にはすぐに思い当たった。

「……じゃあ、さっそくだけど、ちょっと試してみる？」

そう言うと、ラウラは嬉しそうに眼を大きく開いた。

さすがにまだ継続的な歩行の強化《バフ》は無理だ。でも、俺の補助ありきで、本当に極々簡易な強化《バフ》を使うということなら、数秒の間だけ立つのは難しくない。

「俺の手を持って、ブライン・デンイン、って言ってみて。俺も一緒に、言うから」

手を差し出す。

ラウラはぱっとその手を握る。

承認宣言は、きっと大丈夫だろう。彼女は俺に重心の一部を預けてくれている。

二人で一緒に、言った。

「『汝の脚に宿る《ブライン・デンイン・ベイン》』」

さっきラウラの体に宿った光が外気に滲むように舞って、彼女の脚に集まってくる。

そして彼女は自らの脚で、車椅子から立ち上がった。

実際に起きたことを呑み込むまで、数秒がかかる。それから彼女の脚はかくんと力を失って、また車椅子に座り直した。

「わぁ……！」

脱力して車椅子に背を預けるラウラは笑っていた。

こんなに弾けるように笑う子なんだ、と思った。


主治医の先生の許可が出たので、今日から軽くラウラの歩行訓練をしていいことになった。

「心の整理は、ついたか」

ラウラが中庭でえっちらおっちら付与術を試すのを見守っていると、声をかけられた。

カミラさんだった。

「何を言おうかと、迷っていたんだがな。この分だと大丈夫かもしれないな」

見守っているつもりが、俺の方も見守られていたらしかった。

「どうだ、屋敷での生活は、息苦しいか？」

「……はい。少し」

素直に言えた。

心理相談《カウンセリング》は煩わしいし、監視だって背中に粘っこく引っ付いてきて気が重くなる。

でも、自分でも意外だったけれど、それを言えたことが嬉しかった。

言ってもいいと、思えた。

「落ち着かないようなら、別に物件を手配するよ。現に既婚者にはそうしている者もいる。距離感は人それぞれだ。どうにでもなる。私たちならどうにでもできる」

カミラさんは敢えて声色を変えることなく、淡々と言ってくれた。

「……生まれ持った人の性質は、それぞれ違う。ものによっては考え方ではどうにもならないだろう。それは大きな葛藤を生むし、対立さえ引き起こすこともある。だが、それだけじゃない。人間というものは、それだけじゃないんだ。たとえば――」

彼女は中庭のラウラに目を遣った。

「――君が救った命が、あるだろう?」

ラウラは俺が渡した冊子を片手に、たどたどしく詠唱をして、脚が勝手に動く様を楽しんでいた。

「なあヴィム少年。この前――君が迷宮《ラビリンス》から戻ってきたときに、呼び声について話したな？　この世界に居場所がない人間が聞く声だと」

「……はい」

「最近は、どうだ。聞くか？」

「……いいえ」

「心理相談《カウンセリング》が役立ったりは、したか？」

「それは……」

「はっ、はっ、はっ、言いにくいならいい。なんにせよ、良いことだ」

少し、間が置かれた。

「クサい言い方だが、ラウラくんが君の居場所になってくれた部分もあるのだと思う」

「そう、なんですかね？」

「我々にだってそうしてくれていいんだぞ？　本来ならあの第九十八階層で我々は死んでいた。そこにたまたま居合わせてくれた君が、救ってくれた。君は立派な命の恩人だ」

「……そこまでのことは、別に」

「それとも何かね。私がラウラくんほど可愛らしくないのが問題か？　獣の耳でも付けて、わん、にゃん、とでも言えばいいかね？」

　急に言われて、噴き出してしまった。

「カミラさんって、冗談、言うんですか」

「ははは！　たまにやりたくなるんだよ」

「……びっくりしました」

「何が言いたいかというとだ。この感謝は本物だし、これだけは誰がなんと言おうと、どう考えようと否定できるものではないということだ。人と人の垣根だって越える。そしてそれはきっと、君にとっても無価値ではないはずだ」

「ヴィムさまヴィムさまぁ！」

　見ていたラウラが、こちらに駆け寄ってきていた。

　って、駆け寄ってきた？

　ラウラは走っていた。

俺の付与術は確かに簡単な基礎の組み合わせではあるけれど、こんなにすぐにできるなんて思わなかった。

あの子は案外、才能があるのかもしれない。

「ぐへっ」

と思ったら、あっけなくこけていた。

少し心配になったけれど、柔らかい地面だから大丈夫そうだ。立ち上がる術式の練習にもなるし、まだ見守っているくらいが、俺の役目なのだと思う。

「大切なものはたくさんあるんだ。一面を切り取って二分したら消えてしまう、大切なものが」

カミラさんはそんな俺たちを見て、優しい声で言った。

「踏破祭《デイヒブライナヘン》も近いし、我々も休暇に入る。【夜蜻蛉《ナキリベラ》】全体の活動も止まるから、言わずもがな、仕事の心配はしなくていいぞ」

「……そう、ですか。ありがとうございます」

「焦ることなど、何もないんだよ」

彼女はそう言って気まずそうに笑い、くるりと回って屋敷の方に戻っていった。

翼破⑤

転送陣を踏み、地上へ戻ったこの瞬間。

至福の光景だ。

さっきまで騒がしかったことがわかる静まり具合が心地いい。冒険者たちは黙って俺たちを見ている。ある者は忌々しそうに、そしてまたある者は、羨ましそうに。

ざまぁみろ、と思った。

勝手にあいつを持ち上げて俺たちを罵って、石を投げて。自分たちにはなんの力もなく、なんの行動も起こしていない癖に、行動した人間を非難する。

耳元でバチッ、と音がした。

伝達魔術が発動したらしい。

『どうですかな、お望みの景色だと嬉しいのですが……』

「ああ、満足しているよ。今のところはな」

『それはそれは』

「だが地上で話しかけてくるな。気色が悪い」

通信を切った。

まったく、いつ話しかけてくるのかわかったものじゃない。役に立ってはいるから、今更文句をつけるつもりはないが。

あのゲレオンというのはなかなか使える男だった。やつが提示した方法は見事に俺たちのやり方に合っていた。

【竜の翼《ドラハンフルーグ》】に足りなかったものは、大人数をまとめるだけのノウハウだ。それさえあれば造作もない。

現にこうやって俺たちは前のように成果を出し続けている。実力の発揮の仕方を知らなかっただけなんだ。

だから、あれの恩恵は微々たるものと言っていい。成果を前借りしているだけに過ぎない。

「クロノス！」

「……やったね！」

遅れて転送陣から戻ってきたニクラとメーリスが駆け寄ってくる。新しく入ったメンバーたちも続いてきた。

まだまだパーティーが大きくなる余地はある。これからもどんどん規模を広げよう。俺たちはいずれ大パーティーの幹部として、フィールブロンに名を轟かせることになる。

みんな、前みたいな笑顔を見せてくれるようになった。俺まで嬉しくなる。

「……ソフィーアはどうした？」

「あ、えっと、ソフィーアさんはギルドに報告書を出しに行くとかって」

メーリスが答えた。

「そうか」

ソフィーアは本当に頼りになるが、やはり心配性なのが抜けないなぁ。

ゲレオンのやつが伝達魔術だの作戦だのを考えてくれているから、ソフィーアの負担は減っているると思うが……ちゃんと休めているのだろうか。

しかし、細かい手続きに気を回してくれているのは有難い。

俺はああいう難しいことはよくわからないので、知らない間に助かっていることもあるのだろう。彼女も【竜の翼】《ドラハンフルーグ》に欠かせない存在ということに変わりはない。

本当に、タイミング良くうちに入ってくれたと思う。

ギルドの外に出た。

フィールブロンの住人の目線が心地いい。

恨めしそうに文句を垂れているやつらの顔の面白さったらありゃしない。掌を返したやつらもそれはそれで面白い。純粋に応援してくれる人だってここ最近は増えてきた。

俺たちはここに復活した。

最前線のAランクパーティー【竜の翼】《ドラハンフルーグ》。

俺はそのリーダー。

すべては結果で示した。誰一人いちゃもんをつけられるやつはいない。

もうじき踏破祭《デイヒブライナヘン》だ。そこで俺たちは、冒険者で最高の栄誉を受けることになる。そうなれば、もう文句を言うやつはいなくなるだろう。


ギルドからの帰り、私はクロノスさんたちとは別に、ある場所に寄った。

中央広場から西──【竜の翼《ドラハンフルーグ》】のパーティーハウスとは反対の方向へ二、三の道を行き、五段だけの階段を下りて、路地に入る。

うす暗い路地である。両側の建物は継ぎ接ぎされて高く積みあがっていて、手入れは行き届いておらず、黄ばんだ漆喰の壁はその半分が剥がれている。下の石畳もところどころ崩れて水が溜まっていて、表通りと同じように歩いていてはすぐにこけてしまう。

見上げる青空は、狭くて遠い。

歩いている途中に、ぼろ布の上に座り込んでいる子供たちを見かけた。親の仕事が終わるのを待っているのだと思う。

ここはフィールブロンの中でも貧しい住民が集まる区画だ。多くの都市がそうであるように、迷宮都市《ラビリンシュタッド》たるこの街にも貧富の差を引き受ける場所というものがある。

目的の雑貨屋に着いた。

傾いた戸を潜って、奥に座っている店主の男性に目を遣る。彼に一礼してから入口の裏の棚に重ねてあった日報を一部だけ取り、隣の丸椅子に腰かけた。

日報を広げて、読む。本当は読む必要はないのだが、演出としては実際に読んだ方が間違いがない。

大々的に取り上げられているのはやはり、冒険者の活躍についてだった。

ここ最近注目されているパーティーは二つだけだ。まず、いつも通りの大正義たる【夜蜻蛉《ナキリベラ》】、そして私が現在所属している、【竜の翼《ドラハンフルーグ》】。

――【竜の翼《ドラハンフルーグ》】は改革に成功し、かつての栄光を取り戻した、と巷ではそんなふうに言われていた。

もともとクロノスさんとニクラさんとメーリスさんの潜在能力《ポテンシャル》は高い。それをうまく運用してかつ人員を増強することができれば、最前線で多少の成果を上げることは不可能というわけではない。

でも、これはあまりにできすぎていた。

不自然な点も多すぎた。

クロノスさんがパーティーの改革に乗り出したその日、私は一方的に作戦立案や地図《マップ》の作成から外された。今後はクロノスさんがそれを一人で担うと言い出したのだ。

失礼な言い方になるが、なんの勉強も訓練もなしに彼にそれができるとは思えない。

間違いなく、裏で糸を引いている人間がいた。本人は隠しているつもりなのだろうが、クロノスさんは常に私たちとは別の伝達魔術を用いてやり取りをしていた。

ニクラさんもメーリスさんも薄々気付いている。でもみんなクロノスさんを信じていた。俺に任せればすべてうまくいくという言葉を盲目的に信じ込んでいた。

それに、本当に成果が上がってしまえば、みんなが抱いた小さな疑問や不信感なんて吹き飛んでしまったのだ。

クロノスさんは持ち前の強引さでみんなを率いて、もう迷宮《ラビリンス》の女神でもついているんじゃないかと思うくらいの圧倒的な勘で難所を突破していく。その姿は冒険者に憧れる少年や夢見がちな少女なら一目で虜にしてしまうくらいで、実際に新しく【竜の翼】《ドラハンフルーグ》に入った女の子たちはみんな彼に魅了されていた。

疑いが確信に変わったのは、パーティーの口座から不自然にお金がなくなっていたことに気付いたときだ。

あまりにも巨大な額だった。あんな大金はリーダー本人の血印がないと引き出すことすらできない。

当然、私はクロノスさんを問い詰めた。

しかし、ソフィーアは何も心配しなくていい、俺に全部任せろと、そんなことを言われるばかりで何も教えてはもらえなかった。

目の前に店主がやってくる。彼は手に紙束を携えていた。

「ご注文の品だ」

「……結果は？」

「読んでみるんだな」

店主はぶっきらぼうに私に紙束を渡し、もともと座っていた小机に戻った。

私はすぐに白紙の表紙をめくって中身の確認に入った。

これは消えたお金の流れを調べた調査報告書だ。

すべては私の独断で、念のために行ったこと。間違っているならそれが一番いい。

だけどそこに書いてあったことは、私の想像と完全に一致してしまっていた。

愕然とする。悪い予感が当たってしまった。

覚悟は決めていたのだ。でも、これは違う。こんなことに加担するために私は【竜の翼《ドラハンフルーグ》】に入ったわけじゃない。

「……ババを引いたな」

店の奥から、同情を纏った低い声が届いた。

「ええ。本当に」

心底ため息が出る。眼鏡の下から目頭をつまんで、俯く。

「どうする？　上は急げと言っているが」

「……決行自体は、いつでも」

時間は十分にあった。そしてこの報告書をもって、準備は整ってしまっていた。

もともとこの予定だったのだ。居心地もいいわけじゃなかった。

でもクロノスさんたちも、どうかと思うところはあったけれど、悪い人ではなかった。それなりに話もできたし、目的のためとはいえ骨を折っていろいろ教えたり、逆に自分の未熟さを痛感させられたこともある。

多少の愛着があった。

……ダメだな。これだからお前には向いてないって言われるんだ。

いい加減、潮時だろう。

第五話　踏破祭

フィールブロンの外れに一軒家を買った。

お金だけは十分にあった。もともと荷物も少なかったから、小一時間手続きをするだけであとは鍵をもらえば引っ越しもすぐに済んだ。

この家ではよく眠れた。眠れてしまった。

良いのか悪いのか、もう、受け入れてしまった気がする。

俺はあの〝正しい〟空間から逃げたかった。選ばれた人たちが正しい努力を重ねて、自信をもって互いに高め合っていく空間から、どうしても。

自分が忌々しい。でもこっちの方がマシだと本心で思うから、始末に負えない。

ラウラの処遇は大分落ち着いた。

付与術の修練はかなりうまくいっていて、同伴者付きならもう外出許可が出るようになった。

退院したら【夜蜻蛉《ナキリベラ》】に所属する給仕《メイド》さんたちの寮に住むことに決まったそうで、そこに向けて準備を進めているらしい。

一安心、と言っていい。術式を組むことについては、我ながらよくやったと思う。

でも、未だにあのことが引っかかっていた。

――ラウラのこと、よろしくね。

リタ＝ハインケスは、なぜあんなことを言ったのか。本当に悪趣味な冗談だったのか。

寝返りをうって、少し頭を振った。

事態が収束した今、それは考えても意味のないことだ。過ぎたこと、それも存在するかもわからないものにまで頭を悩ませるようでは、休暇の意味もない。

そのための一人暮らしだろう。

一人暮らし、のはずである。

なのに、すぐ隣で俺に深々と頭を下げている人がいた。

ぴょこん、と元気に獣の耳が立った女の子だった。

「うわっ！」

「おはようございます！　ご主人さま！」

「え、なんでここにいるの」

ラウラだ。

窓の外を見ると、もう昼前だった。一応は外出許可が下りる時間ではある。

部屋の奥の方に目を配ってみれば、ソファーの上にシーツでくるまれ、結ばれて置かれている塊があった。

見知った顔だけが出ている。というかハイデマリーである。口から涎を垂らして気持ちよさそうに寝ている。

そうだ、迷宮《ラビリンス》の呼び声を聞いた以上は、少なくとも引っ越しの初日は見張りみたいなものが必要なんじゃないかって話になったんだ。それでハイデマリーが名乗り出て、今日だけは一応就寝までを確認すると言いだして。

なぜかはわからないけれど、監視されているような気分はしなかった。むしろどことなく慣れた感じすらした。

とにかく、状況がわからない。

ハイデマリーは確か、外から窓と扉を見張ると言っていたはずだ。ラウラが来ているのもよくわからない。

よく見れば寝室が結構荒れている。机と椅子の配置が昨晩と違う。

「ハイデマリー！　あのっ、起きて！　なにこれ！」

「ん？　んぁ？　……はっ！　しまった！　寝てた！　おい半獣人《ハルベージイヒ》！　この拘束を解け！　物音立てられないからって好き放題しやがって！」

「ふーんだ！」

「その態度ならこっちにも考えが……ふがっ」

ハイデマリーはもがいてソファーから落ち、身動き取れないながらも達者な口でラウラに悪態を吐いていた。

これは、喧嘩でもしているのか。確かラウラはちゃんとハイデマリーを「賢者さま」と呼んで敬っていたはずだが、いつの間に対等になったのか。

打ち解けたのだろうか。ならいいか。

「あの、ラウラちゃん？」

甲斐甲斐しくベッドの隣に立つラウラに、言った。

「はいなんでしょう！　ご主人さま！」

「あ、いや、ご主人様なんて……、みたいな。せめて固有名詞をというか」

「こ、こゆーめいし？」

「名前で、呼んでください……」

「あら、まぁ」

彼女はぽっと顔を染めて、両手を頬に置く。

何かとんでもない誤解をされているような気がするが、元気そうなので良しとした。

「じゃあ、ヴィムさま！」

「は、はい……」

「朝ごはんはご用意できておりますので！　いらしてください！」

流されるまま一階に下りてみれば、それはもう見事な朝食が用意されていた。

ラウラはとてとてとて、と可愛らしい足音を立てて慌ただしく食卓を走り回り、水や取り皿などを運んでくれている。

それだけで、付与術の修練が相当な水準にまで来ていると実感した。

俺が開発した歩行の強化《バフ》は、上半身の動きに合わせて補うように足を動かすことを根幹にしている。なので何か物を持って歩く、というように上半身の動きに制約を課した上で歩行することは、もう一段細かい調整と応用が必要になるわけだ。

ぼーっとラウラを眺めていると、いつの間にか三人でテーブルについていた。せっかくなのでそのままご飯をいただくことにする。

……しかし、さっきの喧嘩を引きずりでもしているのか、ハイデマリーとラウラの間には依然妙な距離があった。

「ヴィム、わかってるのか？　あの半獣人《ハルページイヒ》の実年齢は十三歳だぞ？」

白パン《ヴァイツエンブロート》を片手で引っ掴んでもぐもぐしながら、ハイデマリーは言った。

「いや、知ってるけども。何が悪いのさ」

「この雌犬、か弱い女児を装って人の家に押しかけてきてるんだぞ？」

「犬じゃないですぅー！」

ラウラが反論する。

「そんな淫らな格好の癖して反論できると思うなよ！　恥を知れ！」

ハイデマリーが指摘すると、ラウラは両腕を胸に当てて服を隠した。

彼女はちょっと派手な格好というか、給仕服《メイド》を着ていた。それもかなりフリフリが付いた部類のものである。

「ヴィムさま、その、そんなに見られると」

ジロジロ見てしまった。

「あ、いや、そうじゃなくて」

「でもヴィムさまがお望みなら……」

「違う違う。その、どうしたの、その服」

「これは、カミラさんが是非着てほしいって」

カミラさんの差し金だったか。

最近わかってきたが、あの人はあれで割と茶目っ気があるらしい。

「十三歳だぞヴィム！　切り上げればほとんど私たちと同い年みたいなもんだろう！　うら若き発情期の雌だぞ！」

「いや、切り上げなければいいのでは……」

まあ、十三歳は保護者が必要な範囲内だろうし、少女くらいで……もうちょっと田舎の方なら独り立ちしたりする年齢なのかな、どうだろう。

「私よりチビだから許してやってたってのによう」

憎まれ口を叩きながらも、ハイデマリーはもしゃもしゃとラウラの作ったサラダを頬張っている。

「口の悪い人は嫌いです！」

「んだこらぁ！」

まあ、二人ともそんなに本気じゃないみたいだし、じゃれ合っているくらいかな。引いて見れ

ば微笑ましいかもしれない。

ラウラもすっかり元気そうでよかった。

一連の事件の恐怖を引きずっていないか心配していたけれど、なかなか強かな子みたいだ。

さて、今日はどうしよう。

せっかくの休暇なわけだし、久々の付与術の鍛錬と勉強をして……とまで思って、休暇ってそうじゃないよな、と考え直す。

「あの！」

考え事をしていると、ラウラが言った。

「今日は、前夜祭って聞きました！」

彼女は不安と期待半分のキラキラした目をして、続けた。

「二人はどんな服を着ていかれるのでしょうか⁉」

「「服？」」

ハイデマリーと声が重なった。

ラウラは俺たちの反応に戸惑っているようだった。

「お祭りは今日からですよ！　祭り市《マーケット》も始まります！　おしゃれしなくちゃ！」

一応、聞いたことがある話である。

踏破祭《デイヒブライナヘン》の前夜祭はまだ祭りの相場が定まっておらず、稀に掘り出し物が見つかるということで一部女子と収集家のみなさんが殺到するらしい。

「……あれ、でも、俺たちが出なきゃいけないのって表彰式の夜だけじゃ」

どうだっけ、とハイデマリーに確認する。

「いや、三日目に【夜蜻蛉《ナキリベラ》】のお披露目があるから、私たちはそのときも出なきゃいけない」

「そっか、表彰式の服装の指定って、なかったよね。お披露目は確か迷宮潜《ラビリンス・ダイブ》の格好で揃えるんだっけ」

「そうだよ」

「じゃあ、新しく服を仕立てる、みたいなことはいらないか」

「いいんじゃない？　私も準備はしないよ。やれやれ、久しぶりに自室にこもれるぜ」

俺もしばらくはそうしようと思う。

休めとも言われている。ラウラのリハビリも落ち着いたし、それに屋敷を離れてようやく眠れるようになったわけで、ちゃんと睡眠をとって、気持ちを整理するにはいい時期だ。

「久しぶりに、静かになるねぇ」

「……そう、だね」

ハイデマリーに同意する。

みんなが祭りに行くのなら住宅地や郊外はいつもより静かになるだろう。反対に街の中央は騒がしくなって、この部屋にはきっと遠くから太鼓や花火の音が届くんだ。

想像したら、それはそれで乙な気がした。

「……信じられない」

とか考えていたら、ラウラがこの世ならざるものを見るかのような目で俺たちを見ていた。

「踏破祭《デイヒブライナヘン》ですよ⁉　おっきなお祭りですよ⁉　次いつあるかもわからないんですよ⁉」

お、おお？

ハイデマリーと見合って、互いに顔を近づける。

「おいヴィム、なんかこいつ行く気満々だったらしいぞ」

「俺たちと一緒に、ってこと？」

「だろうね。正しくは君と、だよ。にしても厚かましいなこの半獣人《ハルベージイヒ》は」

「……そりゃ、寂しいんだと思うけど。身寄りもないんだし、そんなに邪険に扱っちゃダメだって」

「ぐぬぬ……じゃあどうする」

「どうしよう」

引きこもる気満々だった俺たちは、総じておろおろするしかなかった。

「……お父さんとお母さんに連れて行ってもらった踏破祭《デイヒブライナヘン》が、思い出なんです」

ラウラはぽつんと言った。

「家族みんなでフィールブロンに出てきたばかりのときでした。私もまだ小さくてあんまり覚えてないんですけど、街中が楽しそうで、みんなおしゃれしてて、美味しいものをいっぱい食べて」

ヨヨヨ、と目元に手を当てだしたのを見て、俺はすぐさま降参した。

「……行こうか、じゃあ。うん、えーっと、今日は祭り市《マーケット》に服を買いに行くということで」

子供の涙の前には無力である。

「ちょっと待てヴィム、私はそういうの無理だぞ。服とかも知るか。こちとら母親直伝の三種のお召し物を忠実に守っている身だぜ」

ハイデマリーが耳打ちしてきた。

「俺も無理だよ。というか昔から服変わんないなぁと思ってたら本当に全部同じだったの」

「そうだよこんちくしょう。一人で服屋とか恥ずかしいんだい」

この調子では俺もハイデマリーもダメそうだった。

いっそのこと、ラウラに全部任せようか。いやでも、昔の記憶とは違うかもしれないし、無理に案内をさせてしまうようなことは多分良くない。

そもそも、この面子で祭りはさすがに無理があるように思われた。

「行くなら増員してくれ、ヴィム。私は無理だ」

「でも、どうする？　……俺、呼べる人とかいないんだけど」

「同じく。あ、でも」

俺はもちろん、ハイデマリーにも友達はいない。

呼ぶとしたら、【夜蜻蛉《ナキリベラ》】の誰かになるのだろうか。

……カミラさん？　いや、目立ちそうだ。本人は気にしないだろうけど、人混みに呑まれるのは避けたい。

あと普段から甲冑しか着ていないので、ラウラのような年頃の女の子と相性が良いかも疑問である。彼女にいきなりメイド服を着させたあたりも不安要素だし。

「仕方ねえ。牛娘を呼ぶか」

ハイデマリーがそう言って、グレーテさんがいたことを思い出した。

彼女なら安心な気がする。流行のあれこれとか祭りのこととかわかってそう。

「来てくれるの？　忙しいんじゃ」

「泊まり枝は今回は出店しないらしいし、まー大丈夫でしょ。なんだかんだついてきてくれるって、あいつ」

「おー」

あまりよく知らなかったが、思ったより二人はちゃんと仲が良かったみたいで驚いた。

勝手にハイデマリーに友達皆無という認定を下してしまったことを、心中で詫びた。


「で、うちにいらっしゃったと」

居酒屋『泊まり枝』の裏、グレーテさんのご自宅の玄関の前に、俺たち三人は並んでいた。

「その可愛い子がラウラちゃんですね？」

グレーテさんに言われて、ラウラの耳がぴょこっと動く。

ぱっとそういうことを言えるあたり、グレーテさんという人選はまさに大正解に思えた。

今日の彼女はいつも店で着ているようなお嬢さん服《ディアンドル》ではなく、何か、こう、形容し難いおしゃれな服を着ていた。

ワンピースドレスというか、白いレースがふわふわとついている、こう、そういうやつ。色合いからしてこれでも部屋着なのだろうか、わからん。

それを見つめるラウラの目はキラキラしていた。グレーテさんも視線に気付いたのか、敢えて少し余裕を見せてあげるような雰囲気を醸し出してくれている。

そうである、グレーテさんは大人の女性然としていた。

俺たちと同い年なのにこの差はなんだろう。街で育つのと日々迷宮《ラビリンス》に潜るのとではここまで違うのか。

「かくして君に白羽の矢が立ったわけだよ牛娘。さあさあ我々を案内してくれたまえ」

なぜか偉そうにしているハイデマリーを見ると、資質の問題な気がするけども。

「……まあ、私もこれから前夜祭に行くところだったので、ちょうどいいと言えばちょうどいいのですが――」

グレーテさんはため息混じりに軽く息を吐いて、決意を固めるように腕をまくり、言った。

「スーちゃん」

「ん？　なんだい？」

「私は嬉しいんです。あのスーちゃんがおしゃれをしたいと言い出すなんて」

「私が？　違う、それはラウラが」

「なんと！　自分から！　言い出すなんて！」

「だから言ってないって」

「何度もそんな芋くせぇ格好してんじゃねぇ、って言って聞かなかったあのスーちゃんが！」

「そんなこと言われたっけ？」

「化粧水と石鹸の区別すらついてなかったあのスーちゃんが！」

「その話やめない？」

「覚悟せい！　今日一日スーちゃんは私の着せ替え人形です！」

「……判断を誤ったか」

グレーテさんは半ば無理やりハイデマリーの肩を抱き、えい、えい、おー！　と天に向かって拳を振り上げた。

「ラウラちゃんも！　私は可愛い女の子が大好きなんです！」

「はい！　お願いします！」

「よーし腕がなります！　二人とも私が見繕ってやりましょう！　ちょっと待ってくださいね、準備してきますので」

かくして俺たちはグレーテさんの案内の下、祭り市《マーケット》に参加することになった。

踏破祭《デイヒブライナヘン》は古くから続く伝統的な祭りであり、迷宮《ラビリンス》への感謝という文化的に重要な意味合いがある。フィールブロンは迷宮《ラビリンス》の賜物。海の民にとっての海、山の民にとっての山が、フィールブロンの住人にとっての迷宮《ラビリンス》にあたるのだ。

中央市は昼間から盛況で、祭りがこれから盛り上がっていく瑞々しい活気でいっぱいだった。

道の両側にはまだ骨組みだけの屋台もちらほらある。建物の高いところから高いところへ連なった国旗がかけられている最中で、食べ物の屋台は仕込みの途中なのか、水っぽい湯気が香辛料の匂いと一緒に立ち昇っていた。

グレーテさんは俺たちの先頭に立って、あちこちの店で即断即決で布をふんだくり、次々とお会計を済ませつつ前夜祭を闊歩していた。

「お、グレーテちゃん！　景気がいいねぇ！」

ある店で、グレーテさんが壮年の男性店主に声をかけられた。

「どうもどうも！　おじさまのおかげですって。昨日はマスターもほくほく顔でしたよ！」

グレーテさんはそう答えながら、ちらと俺たちに目配せをした。

俺とハイデマリーはなんのことだかわからなかったけれど、ラウラは何かピンとくるものがあったみたいで、ぴょこっと耳を動かして応えた。

何か始まるようだ。

「そりゃ嬉しいが、そんなに買って大丈夫かい？」

最初に店主が口を開いた。

「おじさまこそ、あんなに飲んで食べて、奥さんに怒られませんでした？」

合いの手を入れるようにグレーテさんが言う。

「不思議なことに、金が余るんだな、これが」

「おや、奇遇ですね！　そんなお金がどこから来たんでしょうか⁉」

問いかけを合図に、店主と、隣のラウラも息を合わせて言った。

「「迷宮《ラビリンス》に感謝！」」

聞いたことがある。

これは踏破祭《デイヒブライナヘン》で有名な音頭だ。

ハイデマリーが感心して呟いた。

「いやぁ、冒険者ってなぁ、視野が狭くていけないね」

「……確かに」

俺も同意する。

迷宮潜《ラビリンス・ダイブ》に臨むことは、あくまで迷宮《ラビリンス》に関わる営みの一つに過ぎない。この街はいわば迷宮《ラビリンス》の第零階層であり、ここで育った生粋のフィールブロンっ子の方が迷宮《ラビリンス》という概念を体得しているに違いなかった。

グレーテさんを呼べてよかったと思いつつ、三人でぞろぞろと彼女についていき、二、三の路地を渡ると、色とりどりの布を屋根にした屋台群に着いた。

さっきとは客層が変わったように見える。年季の入った店主と、腕に山のような服を抱えた客が真剣に交渉している。市場の中でも本格的な店が並ぶ一角らしかった。

「グレーテさんグレーテさん！　あの帽子はなんですか！」

ラウラが棚にかかった帽子を指さして言った。

「あれはボンボン帽子《ボレンフード》です。最近フィールブロンでもちょっと流行り始めた南部の民族衣装ですね。未婚の女性は赤色、既婚の女性は黒色のボンボンを付けます」

「おー」

「つまり赤いボンボンを付けていたらナンパ待ちってことです！」

「おー！」

ラウラはグレーテさんにすっかり懐いていた。

姉のような、頼れる年上の女性と気安く話せるのが嬉しかったりするのだろうか。

考えてみれば、ここ最近のラウラの周りにいた人は、医師や看護師さんだったり【夜蜻蛉《ナキリベラ》】の団員だったり、どこかピリッとしている職業人が多かった気がする。子供には慣れない緊張感があったのかもしれない。

「チッ、所詮乳の大きさでしか年齢を測れない雌犬が」

「そういうところだと思うよ……？」

ハイデマリーはそんなラウラを見てずっとこんな調子だ。

特に懐かれるような言動をしていない相手でも、いざその子が他の人に懐くと軽んじられている気がするらしい。厄介極まりない。

ちなみに亜人種《アウスレンダー》に対して動物を持ち出して喩えるのは、場合によっては割と危険な差別的言動に当たる。たまに言っているが『半獣人《ハルベージイヒ》』と呼ぶのも同様だ。

しかし、擁護を試みるに、彼女のこういった態度は別段相手を嫌っているとかそういうわけではないのである。ある種の露悪であり、弱みを見せる行為であり、さすがに本気でそう思っているわけがない露骨な言葉遣いを〝演技〟としてすることで、かえって親しみを含ませる……みたいな文脈があると俺は踏んでいる。

本当か？

本当ということにしよう。きっともう少し仲良くしたい気持ちの表れなのだ。にしては不器用すぎる気がするが……不器用なのかなぁ？　単に性格に難があるだけかなぁ？

「グレーテさんグレーテさん！　なんでハイデマリーさんをスーちゃんって呼んでるんですか⁉」

「あー、ラウラちゃん、それはねー、年がら年中ヴィムさんを」

「素敵なスーちゃんさ！　ははは！　ラウラ！　君もそう呼んでくれ！」

お、ハイデマリーがついに走って二人に混ざりに行った。やはりラウラと仲良くしたかったらしい。よかった。

女性陣、というか俺以外だけれど、服を体に当て合ったり、帽子やアクセサリーを試着してみたりしていて、なんだか楽しそうである。

頼んだ身でこう言うのも恐縮ながら、グレーテさんも嬉しそうだ。

グレーテさんは一つ店を決めて、待っていてください、と言い、ラウラを連れて奥の方に建てられた試着室に入っていった。

俺とハイデマリーはぽつんと残され、試着室から響いてくる二人の黄色い声を聞きながら、長い間待っていた。

「やたら遅いね」

ハイデマリーは組んだ腕をとんとんと指で叩いた。

「……何か困ってるのかな」

「んー、もうちょっと経ったら私が見てくるよ」

「うん、お願い」

ハイデマリーが行くか行くまいかしていたところ、とてとてとて、と着替えたラウラが駆けてきた。

可愛らしい格好だった。

青色の、なんというか、お嬢さん服《ディアンドル》からエプロンがなくなった感じ？

ダメだ、語彙がない。

半袖で、スカートは軽く膝が隠れるくらいっていうのはわかる。誰でもわかるか。

「どうです、か……？」

「えっ……」

ラウラに感想を求められた。

「ほら、ヴィムさん、感想を」

言葉に窮していると、グレーテさんに急かされる。

「あ、青い、ね……？　あ、綺麗だと、思います……」

あ、これはダメだ。グレーテさんの目が冷たい。

「いいでしょう、再挑戦です」

二人が店の奥に引っ込んで、またしばらく。もう一度、着替え直したラウラがとてとてとてと駆けてきた。

「はい、感想は！」

さっきの服にアレンジが加わったように見える。多分、ベルトが増えて、少年っぽくなっている気がする。童話の主人公のようだった。

「とても可愛らしいと思います！」

今度は素早く、然るべきふうに言えた。

「よっしゃ！」

「やったぁ！」

二人はハイタッチをした。

「ほら、スーちゃんも行きますよ」

次に、グレーテさんはハイデマリーの手を取った。

「え、だから、私はいいって」

「行くんですよ！　ほら！」

今度は三人で奥の試着室に入っていく。少し経って、グレーテさんとラウラの二人きりのときとは違う声が聞こえてきた。

「手足が自由に動かん！　なんだこの頭皮の異物感は！」

「おしゃれは我慢なんですよ！」

「機能美の延長線上にない作為的な美など……」

「脚を閉じて！」

何やら、ハイデマリーはぎゃあぎゃあ言っているようだ。

さっきよりも長く待つと、グレーテさんが死んだ目の女性を連れて、自信満々に試着室から出てきた。

「我ながら最高傑作です」

「……うう」

「え、ハイデマリー？」

「他に誰がいるんですか……」

俺の素っ頓狂な反応を見て、グレーテさんが呆れた。

あまりにも普段のハイデマリーと違うので、もしかすると店員さんか誰かかもしれないと思ってしまった。

横に奔放に伸びていた二つ結い《ツインテール》は解かれて、きちんと結んで頭に仕付けられ、うなじに沿ってまっすぐ背に下りている。着ているのは袖のない襟付きのシャツ——女性用だからブラウス？で、お腹のあたりからキュッと締められて上品な栗色のスカートがふわりと広がっていた。

やたら細かった。それで、小柄なのに足が長かった。

改めて思う。

誰これ。

いつもの横暴な様子はすっかり引っ込んで、おしとやかな、どこぞの高貴なお姫様のような印象すら受ける。お人形さんみたいだ。

「言えばいいよ、似合わないと」

ハイデマリーは自信なく呟いた。

「いや、似合ってると、思うけど」

「……本当かい？」

髪型と服装どころか、言動まで普段の彼女と正反対だった。

恥ずかしいのか頬を紅潮させて、俯いた姿勢からこちらを覗くのが、いわゆる上目遣いのような格好に見えて——

「あの、ちょっと、買ってきます！」

俺は顔を背けて、小走りで大通りに何かを買いに行った。

その何かは、飲み物ということにした。

戻ってみると、したり顔のグレーテさんとふくれ面のラウラと、拗ねて元の服装に戻ったハイデマリーが待っていた。


また店の奥に引っ込んでいく三人を見送って、ため息をついた。

「……ふう」

正直疲れる。ちょっと帰りたい。

けれどみんな楽しそうなのはよかった。特にラウラが笑顔なのは嬉しい。

三人とも俺を審査員に使っているくらいの感じなので、特に何かが求められているというわけでもなさそうだし、大きな重圧もなかった。

このくらいなら、良いのかもしれない。あまりど真ん中で盛り上がりに参加するんじゃなくて、傍《はた》から楽しそうな様子を眺めているくらいが。

買い物を一通り終え、俺もおもちゃにされたあとにはもう夕方だった。

みんなくたくただった。

グレーテさんとハイデマリーと別れたあとも、軽く祭りを眺めるくらいが精々で、食べたり踊ったりは明日以降ということにして、帰路についた。

「……あの、ラウラちゃん？　そろそろ病院に」

「あ、あの！　看護師さんが！　おうちまで迎えに来てくれるので！」

ラウラは名残惜しそうだ。そういうことなら、もうちょっと気力を振り絞って付き合ってあげようと思い直した。

家の扉を開ける。

すると扉に挟まっていた何かが落ちかけたことに気付いた。地面に着く前に取った。

普通のチラシに見えた。

だけど、すぐに違和感に気付く。

二枚だ。同じチラシが二枚重なっている。

こんなものは相場が決まっている。見比べればすぐに差異は見つかって、文字列を多少弄れば簡単にメッセージが浮かび出た。

誰からのメッセージかもアタリが付いた。その目的も。

「ごめん、ラウラちゃん。明日は無理だ」

一気に現実に引き戻される。

今日一日の自分が、逃避をしていただけのようにも思えた。

第六話　追跡者たち②

『ごめん、ラウラちゃん。明日は無理だ』

盗聴石《アブホレン》から、確とヴィムの声を拾う。前夜祭でヴィムたちと別れて部屋に戻ったあとも、私はヴィムの言動に細心の注意を払っていた。

彼は急に先ほど結んだ約束を反故にして、明日は無理だと言い出した。つまり緊急事態が起きたということに違いない。

これは、尾けないわけにはいかない。

ヴィムを見守ることも私なりの流儀がある。

それは自分に負担をかけないことだ。ひいては彼に押し付けるような意味合いが自分の中で芽生えないようにすること。

すべては私が勝手に、自分のためにやっていることである。ヴィムに対して時間を割きすぎて潰れてしまっては本末転倒だし、それに本人が知らないこととはいえ、自分に過多の労力が割かれているというのは気持ちが良いことではないだろう。

重い、とも言う。

なので私は物理的な見守りは一日三時間までと定めているわけである。

しかし今のヴィムは迷宮《ラビリンス》の呼び声を聞いてしまっていた。これは緊急事態と言わざるを得ない。

さすがに、不安で仕方がない。

不安で不安で仕方がない。しばらくは制限も外さざるを得ない。

当初の目的から逸脱している自覚はとうにある。自覚があること自体は悪いことじゃない。昔みたいに倒れる恐れもなくなる、はず。

大丈夫、頭は冷静だ。

椅子に座り、壁に打ち付けたフィールブロンの地図を、片時も見逃さないように睨んだ。

発信紋に動きがあったのは翌日の早朝のことだった。

ヴィムの家は郊外にあり、その周辺は障害物が少なく、対象の動きによっては死角がなくなる箇所がある。家の周辺では尾けないのが無難だと判断し、ヴィムが街中に入ったときを見計らって、後ろから合流した。

ヴィムは俯きがちに歩いていた。落ち込んでいるようにも見えるけれど、ここまでは普段とそんなに変わらない。こちらの首尾もいつも通りだ。

ただ一つ、いつもと違うのは、今日は踏破祭《デイヒブライナヘン》当日だということである。

街の中央に向かっていく人の流れがある中では、それに逆行する人間はやや目立つのだ。きちんと目的地があるのならそういう人だということで処理されるものの、大きな流れと違う向きに歩き、かつ不規則な動きをしているとなれば憲兵の格好の餌食になる。私も初心者の頃はよく職務質問に遭っていた。

しかし今の私はそんな間抜けな失敗など犯さない。

最終的な道順はヴィムの動きに合わせつつ、その都度一時的な目的地を定めて、自然に歩いていくのである。そうすれば挙動は普通に散歩をしている人間と変わらない。

あんなふうにやたら目立つ見知ったチビとは、違うのだ。

「やいこの雌犬」

「わっ！」

ヴィムの方にばかり意識を集中させていたので、後ろから近づくことは容易だった。首根っこを掴んで持ち上げてやった。

「ごめんなさいごめんなさい！　私、その、あれ？」

「私だよ、ラウラ」

「あれ？　え？　スーちゃん？」

「付き添いは……いないね」

短い手足でじたばたしている様子は、結構可愛らしく見えた。

「ったく、なんでヴィムに惹かれたやつはどいつもこいつも同じことするんだか……ほれ、落ち着け。説教するだけだから」

「うう……」

地面に下ろしても、ラウラは逃げたりせずに黙ってうなだれていた。悪いことをしていた自覚はあったらしい。

「話を聞こうか」

「……その、今日は、お祭りで、本番で。また一緒におでかけだと思ってて、でも、ヴィムさまは用事があったって」

「で、病院を抜け出してきたわけだ」

ラウラは少しだけムスッとした様子を見せながらも、こくこくと首を縦に振る。

「もしかして、朝からヴィムの家の前で待ってたのかい？」

「……うん」

「あのねぇ、まあ悪いことをしたとは思ってるんだろうけど。そりゃあさすがに怖いよ。そんな四六時中人を追っかけ回すなんてとんでもない」

「でも、ヴィムさまって、その」

話し続ける傍ら、何かこう、この展開に覚えがある気がしてきた。

「ちょっと待って、ラウラ」

「え？」

「オチが見えた」

私の方もラウラとヴィムに気を配っていて、後ろが疎かになっていた。

真後ろに近づいてくる人影に、遅れて気付いた。

「そこの怪しい二人組！　ヴィムさんに用事があるなら俺を通してもらおうか！」

振り返ってみればそこにいたのは、やはり予想通りのアーベルだった。

「私だよ、アーベル」

「あれ？　ハイデマリーさん？　それと、あれ？　その子はラウラさん、ですか？」

「そうだよ。さすがに優秀だね。それとは別に君も座れ。二回目だぞ。君も説教だ」

「はい？　いやどの口が。というか俺は監視任務で」

「まあまあ、一旦座れ」

「ああ、はい。わかりました……？」

アーベルは流れに負けてラウラの隣に座った。

先手必勝である。このまま押し切ってやれ。

「まずはラウラだ。いいかい、君がその、なんだ、ヴィムが気になるのはわかったよ。でも、ヴィムの家に押しかけた上で、ダメだと言われた日までついてくるのはよかないよ」

「……はい」

「相手の気持ちになって考えな。気が休まるときがないとは思わないかい？」

「……はい」

「それに、きっと病院は今大騒ぎだぜ？　戻ったらちゃんとみんなに謝るんだよ」

「……はい」

ラウラは罪悪感に負けたのか口答えをせず反省している。

よしよし子供は理屈が通れば可愛いもんだな、うん。

「どの口が言ってるんですか……」

　問題は次の、流れには負けたものの依然不満げなアーベルである。

「君もだぞアーベル！　やはり君はご執心の男の尻を追いかけまわす変態なのか⁉」

「俺はれっきとした監視役です！」

「ほう？　任務内容を言ってみろ」

「……一日三回の所在確認と、就寝中の見張りです」

「君がやっていたことを陳述していただこうか」

「いや！　その！　任務です！　団長からもできればどこかで一度、ヴィムさんと祭りを回るように仰せつかっていまして！」

「街中まで来て、かい？　ずいぶんとご熱心なこった」

「それはっ……その、話しかけようとし続けていたら、ついていく感じになってしまっただけで」

「言い訳してるようにしか聞こえないなぁ？　経緯はどうあれ、妙な感じの行動を取っている自覚はあるんだろ？　じゃあ他人からもそう見えるのは当たり前じゃないか。ヴィム本人に見られたらどうだい？　それは君があいつに見せられる姿なのかい？」

「うっ……」

「大人ならやったこと、そう見えたことに責任を取らないと。当然だよね？」

　アーベルは無事に意気消沈し、ラウラと同じくしゅんとして背を曲げ、手を膝についた。

勝ったな、これは。

ちょろいちょろい。このまま二人にはお帰りいただこう。

しかし、気分よく勝ち誇っていると、ラウラが何か言いたそうにしていたのが目に留まった。

「その……」

「なんだい、言ってみな」

「でも、あの、ヴィムさまが、どこかに行っちゃう、気がして……」

彼女がぽつりと言ったそれは、不意に私の琴線に触れた。

それはきっと、私が感じていたことと同じものだったから。

「付与術を教えてくれるときも、お話ししてくれるときも、なんか、変、で……何かしなきゃって思って、それで……でも、最近、避けられてる？　気もして」

「あー、いや、それは」

「私、ヴィムさまに嫌われてるの……？」

「やめろやめろ！　そんな真剣な顔をするな！」

「……やっぱり嫌われてるんだ」

彼女は言い淀む私の反応を見て、いっそうしゅんとしてしまった。

いつもぴょこぴょこ動いていた耳をべたっと倒して、私の説教よりも遥かに堪えているみたいで、放っておいたら十秒後に声を上げず静かに涙を流し始めそうなくらいだった。

「あーその、なんだ、ラウラ」

勘弁してほしい。

他人事に思えないじゃないか。

「その、ヴィムの真意はさ、わからないけれど。世話されるのが嫌というのは、別に君だからとかは関係ないよ」

「……そうなの？」

「あんまり言いふらすことでもないけどさ、まあ、なんだ。ヴィムの実家は使用人の家系なんだよ。昔からそうやって育てられてきたし、尽くされることの違和感はとんでもないと思う。ベタベタするにしても別の方面を模索した方がいい」

「えっ、そうなんですか」

お前に教えたんじゃねぇよアーベル。

「言いふらすんじゃないよ」

そう結ぶと、ラウラは納得したような、自分の悩みが肩透かしになってほっとしたような顔をしていた。さっきまで垂れていた耳は、わずかに持ち上がっていた。

「さあさあ二人とも帰った帰った！　私も今日は特に君たちを咎めるつもりはない。動機も不純とは言い難いしね。でも実際に表れる行動がすべてだ。以後気を付けるように！」

「「はい！」」

よし。

さあ、またまた時間が取られてしまった。これでゆっくりとヴィムのあとを――

「そういえば、スーちゃんはなんでこんなところに？」

ラウラは足を止め、振り返って言った。

正直こうなる予感もしてた、うん。


ヴィムが入ったのは街外れの喫茶店だった。彼は扉を潜ったあとに一度周りを確認してから、店の奥の方に向かっていった。

私も少し時間を置いて店内に入る。

「……なんでついてくるんだい」

「そりゃ来ますって。流されそうになりましたけど」

「いいのかな、こんなことしていいのかな」

邪魔な連中付きで。

アーベルと、ラウラも順についてきた。

「二人とも静かにしてろよ」

「了解です」

「……はーい？」

ラウラの方は状況をあまりわかっていなさそうだが、まあ仕方ない。一人で帰すわけにもいかないので、こうなりゃ一蓮托生である。

ヴィムは落ち着かない様子で二人掛けのテーブルに座っていた。

前とは少し様子が違う。あれは……思い詰めているように見える。

訳ありだろう。となれば、【黄昏の梟《ミナーヴァ・アカイア》】関連か。

「……ヴィムさんって、迷宮《ラビリンス》から戻ってきてから変に声を張らなくなりましたよね。背筋も自然な感じで前みたいに丸めてますし」

アーベルが小声で言った。

「まあ、そうだね。よく見てるね」

「喋り方も戻りましたよね」

「君たちからしたらさぞ残念だろうねぇ」

「いや、俺はこっちのヴィムさんの方が割と好きと言いますか、ヴィムさんには合っているように思いますけど……」

まさかこいつの口からそんな言葉が出るとは思わなかった。

「……アーベル、君、わかってるじゃあないか！」

こんなに話のわかるやつだったとは。

「誰か来た！」

ラウラがそう言って、私とアーベルは彼女が指さした方を見た。

フードを被った人物が一人、確かにヴィムの方に向かって歩いてきていた。

「女、だよね、あれ」

アーベルに確認する。

「そうだと思います……あの人、前と同じ人じゃないですか？　長耳族《エルフ》じゃ」

目を凝らす。

間違いない。尖った耳が見え隠れしている。

ヴィムの代わりに【竜の翼《ドラハンフルーグ》】に入った、クロノスの女だ。

いや、それはおかしい。もうヴィムの引継ぎは終わったはず。あの二人がもう一度会わなければならない理由なんてない。

「……デート、ですかね？」

頭に過っていたけど言わなかったことを、馬鹿のアーベルが言いやがった。

「馬鹿言うなアーベル。ヴィムだぞヴィム」

「いやいや、後任ですから、言ってみれば先輩と後輩でもあるわけじゃないですか。教え教えられとしていくうちに……みたいな」

「やめろって。そんなわけないだろ」

「互いに新しい環境で苦労しているわけで、仕事の苦労を共有すればなおさら」

「やめろって言ってるだろうが木偶の坊！」

ささやき声を精一杯張った。

まったく、しょうもない予想ばかりしやがって。

違うはずだ。そんなことはありえない。

うん、違う。きっと違う。たかが境遇が同じくらいでヴィムは篭絡されたりしない。

「ヴィムさまに恋人が……？」

ラウラはラウラで勝手に衝撃を受けていた。

「ハイデマリーさん、ラウラさんが」

「知らないよ！　絶体絶命の危機を救ってくれた挙句歩けるようにまでしてくれた王子様に恋人がいたらそりゃあ思春期の夢見がちの乙女としちゃあ残念だろうねぇ！」

「完全に理解してるじゃないですか」

ダメだ、こいつらと推測していても埒が明かない。

二人には見えないように盗聴石《アプホレン》を起動し、片割れの小石を耳元に近づける。こうすればヴィムの上着に仕掛けたもう片方の小石から振動が伝達され、音が再生される。

「……ん？」

しかし、音は何も聞こえてこなかった。

もう一度耳に石を近づけて確認する。

やはり何も聞こえない。

ヴィムに仕掛けた盗聴石《アプホレン》が落ちた？

違う。店に入る前までは機能していた。となると何かが起きた瞬間は一つに限られる。

あの長耳族《エルフ》が来たときしかない。

「おいアーベル。一応突入の準備しといて」

「え？　ついに嫉妬に駆られて頭がおかしくなりましたか？」

「違えよ。あの長耳族《エルフ》は曲者だ。あいつ、結界を張りやがった」

第七話　血の巡りが悪くなる

「やっぱり、あなたですよね」

俺を喫茶店に呼び出したのはソフィーアさんだった。

前に会ったときとはまったく様子が違う。目の前に優雅に座る彼女には、生き馬の目を抜くような修羅場を潜ってきた風格がある。

「……あんな呼び出し方をしたってことは、その、そういうことですよね」

もう確定しているようなものなのに、俺は無意味な確認をする。

気になっていたことが的を射ていた。そしてそれは、最悪の予想通りに繋がり得ることだともわかっていた。

「はい」

ソフィーアさんは簡単に認めた。繕う気はないらしい。

「さすがヴィムさんです。いつから気付いておられたんですか？」

「わ、割とその、最初からです。俺に要求する手続きが少し妙だったっていうのと……あとは、あなたの経歴が怪しかったのも。でも確証がなくて、ソフィーアさんが三人を支えてくれていることもわかっていたので、どうしようかなと困ってました」

「困っていたのは私もです。美味しい獲物が自分から転がり込んできたと思ったら、なかなか一筋縄ではいかないんですもの」

「置き土産が役に立った、って喜ぶべきですかね……」

ソフィーアさんは怪しげに微笑んでいた。

彼女の笑みはわずかで、でも深い哀愁が含まれているようで、俺みたいな未熟者とは歩んできた道が違うということがよくわかった。

そして彼女は薬指と小指を十字に重ねるのを見せて、言った。

「結界を張りました。聞かれたら困る話なので」

「本当に、詐欺師みたいなこと、しますね……」

「だって詐欺師ですもの」

あっけらかんと彼女は言い放つ。そして小さな鞄から紙きれを一枚取り出して、俺の目の前に差し出した。

「はい。ヴィムさんがここに魔力印を刻んでくださるだけで、【竜の翼《ドラハンフルーグ》】の所有する財産はすべて私に譲渡されます」

その紙を見て、予想通りだ、と思ってしまった。

――所属禁止期間が導入されるまでの冒険者ギルドの法体制は、それは酷いものだったという。

鉱脈に鉱石に宝石に魔石、はたまた水や食べ物、果ては地図そのもの。迷宮《ラビリンス》の資源は多種多様

であり、しかもその権利を有するパーティーにも様々な形がある。

冒険者という職業の黎明期においては、その規則と枠組みの曖昧さを突いたあらゆる詐欺が横行したらしい。中でもパーティーの中に間者《スパイ》を送り込み、内部から正当な手続きを経て財産や権利をかすめ取る手法は猛威を振るった。これがなかなか取り締まりづらかったようで、あとからいくら規則を追加しても、その結果制度が複雑化してしまえば、そこがまた詐欺のつけ入る隙になった。

そこで冒険者ギルドは一度規則をすべて撤廃し、所属禁止期間を前提とした制度を組み直したのである。

ここにおいて、パーティーという制度の枠組みは完全に決定され、そのパーティー間を行き来することで利益を得ようとする輩の脚も縛られた。

しかし、現代に至っても人の悪意が根本から消え失せることなどない。手口や規模を変え、パーティーの内部に間者《スパイ》を送り込む詐欺は続いている。

目の前のソフィーアさんが、そうしようとしているように。

「若者だけのパーティーっていうのは付け入りやすいんです。クロノスさんもあんなだし、しめたって思ったんですけどね。いざ手続きを開始してみればやたらめったら引っ掛かりますし、大変でした」

「へへへ……大分昔の話なんですけど、その、俺がパーティーを守るんだ、なんて息巻いて規則を網羅した時期があって、そのときにいろいろ複雑な体制を組んじゃって」

「やっぱり意図的ですよね。どの経路を使っても最終的にはクロノスさんの本人証明だけじゃなくて、ヴィムさんの魔力印が必要なようになっていました」

「その、突然クビになったので、そこまで元には戻せなかったんです。でもそれこそ、詐欺師が巨額を非正規の手続きで動かさない限り不便はないはずなので放っておきました。まさか本当にかかるとは思ってませんでしたけど」

「ちょっと、悔しいです」

ソフィーアさんは微笑を湛えながら言った。

疑ってみれば、彼女は最初から怪しかった。

そもそも、ソフィーアさんが【竜の翼《ドラハンフルーグ》】に入った経緯はあまりに簡素すぎる。俺がそうだったように、本来パーティー間の移動はもっと慎重に、評価されていれば周りを巻き込んで行うものだ。

特に、能力が高い冒険者がパーティーを離れた場合は必ずどこかの界隈で話題になり、所属禁止期間を使ってオークションのような給与の吊り上げ合戦が始まることになる。クロノスたちを指導し、ある程度の階層まで導けるほどの手腕があるのなら、ソフィーアさんのことを知っている人がいて然るべきだし、それに伴ったあれこれがあっていい。

しかしそんな痕跡は一切見つからなかった。彼女が前に所属していたパーティーすら定かではなかったのである。

加えて言うならば、所属禁止期間があるにもかかわらずいきなり俺と入れ替わりで【竜の翼《ドラハンフルーグ》】

に入ることを決めていたのも妙ではあった。

【夜蜻蛉《ナキリベラ》】のような歴史ある巨大パーティーならいざ知らず、新進気鋭とはいえ実態のわかっていないパーティーにいきなり入団するのは不用意だろう。

……まあ、一番不用意なのはクロノスだけども。

それぞれの要素は精々、怪しいかも、という域を出ない。単に彼女が気まぐれで軽率な人というだけかもしれない。けれど実際に会ってみれば、ソフィーアさんは冒険者ギルドの規則をかなり把握していたし、それを使った打算もできるくらい聡明な人に思えた。

となると、その聡明さと行動の水準が一致しない。

あまつさえ彼女は杜撰な【竜の翼《ドラハンフルーグ》】の実態を知ってなお、残ることを選び続けたわけで、そうなればいよいよ疑わざるを得ない。

その上「引継ぎ」と称し、俺に不用意な署名を迫ったりすることがあれば、なおのこと。

「……ソフィーアさん。あなたはとても良い人に見えた。現に三人はあなたに、その、かなり助けられたと思います」

「詐欺師とはそういうものですよ。外面は善人そのものなんです」

「でも、それで問題はなかった。だって俺の置き土産が機能したんだったら、あなたは詐欺未遂のただの有能な助っ人、ですよね」

口が回る。

早口で聞き取ってもらえているか心配になる。

「ヴィムさんはやはりとても実際的な方ですね。これなら話が早そうです」

何もかも承知したような彼女の顔を見て気付く。

口が回っているのは、遠回りをしたいからだ。

「本題に入ってください、ソフィーアさん」

ここまでの事実は織り込み済みだ。今までだって互いに半ばバレている前提で立ち回っていた。それでも知らないふりをしてきたのは、それで問題がないから。時さえ過ぎればすべてがどうにか回って、落ち着くべきところに落ち着くはずだった。

だが、彼女は俺を呼び出した。

まさか頭を下げて魔力印を刻んでくれだなんて頼みに来たわけがない。今だって彼女の要求は、俺が嫌だと言えばすぐに跳ね除けられる。このままならそれで終わるだけだ。

つまり、ソフィーアさんは交渉材料を持っている。

「交換条件は、なんですか」

本題はここだ。

傍《はた》から見れば俺の境遇は十分に恵まれているだろう。財では俺への交渉材料になりえない。

【竜の翼《ドラハンフルーグ》】の内情と俺の性格を知っているならば、仕返しなんてことも的外れだとわかるはずだ。

では、その交渉材料とは、なんだ。

財でも復讐でもない、俺に効く何かとは。

心当たりがあった。

リタ＝ハインケスが「ラウラによろしくね」と言った意味。やはり彼女は意図的に、俺に打撃を与えるべく仄めかしていたのだ。

認めたくはなかった。それはあくまで疑いでしかなくて、状況証拠しか存在しなかった。だから、敢えてその飛躍は行わなかった。

結びつけるべき要素は二つだ。

ここ最近の【竜の翼《ドラハンフルーグ》】の不自然な進撃と、ラウラのような少女に犠牲を強いて作成された特一級の闇地図。

ソフィーアさんはおもむろに、紙の束を取り出した。

「これは【竜の翼《ドラハンフルーグ》】と【黄昏の梟《ミナーヴァ・アカイア》】の取引記録です。クロノスさんは闇地図を購入していました。ここ最近の我々の成果の多くはこの闇地図に依るものです」

彼女の目は据わっていた。

その事実を俺がどう受け止めるかをわかっていて、この場においてはこれが立派な交渉材料になることを確信しているようだった。

そう、これが真実なら、【竜の翼《ドラハンフルーグ》】の階層主《ボス》討伐を否定せず、潤沢な資金を与えた俺には——

「【夜蜻蛉《ナキリベラ》】が保護している亜人種《アウスレンダー》はクロノスさんの依頼に応えて迷宮《ラビリンス》に派遣されました。同様の経緯ですでに闇地図は複数作成、使用されており、少なくとも数十人以上の命が犠牲になったものと思われます」

──大きな責任があるに、違いなかった。


「クロノスさんからすれば楽なものでしょうね。未知の場所を探索するんじゃない、予め安全な経路がわかっていて、脅威の程度もわかっている。そして最悪開拓ができなくても、報告書にそのまま闇地図を描き写せば手柄にはなる」

「……それって、その、黒字になるんですか？」

「いいえ、まったく。闇地図は多少の成果など問題にならないくらい高額です」

「そりゃあ、自分で使うより利益を出せるから、売るんですもんね……」

まだ口は動く。頭はちゃんと回っている。

でも、血の巡りはどんどん悪くなる。責任の所在が頭の中と外をうろうろする。

結論を出す前に、自分を弁護してみることにする。

直接の原因はすべてクロノスだし、諸悪の根源は闇地図を作成、販売している【黄昏の梟《ミナーヴァ・アカイア》】だ。

俺はなんにもしていない。

だから、俺を責めるのはお門違いも甚だしい。こんなものは交渉材料にならない。勝手にやってくれ。俺にはなんの関係もない。

そう考えてみたけど、ああ、やっぱりダメだ。

完全に一要素じゃないか、俺。

倫理の話でも裁判の話でもなくて、ただの事実。

俺の選択一つで、ラウラがあんな目に遭うことはなかった。他の被害者だって、まだ生きていたかもしれない。

殊更に思い浮かんだのは、ラウラが俺に向けてくれた笑顔だ。

——ヴィムさまヴィムさま！

なんだっけ、善人ぶりたかったんだっけ、俺。

とんだ自作自演だ。

悪いのは全部、俺なのに。

揺るがない。だって事実だから。俺のせいで誰かが傷つき、死んだという不変の因果関係が存在する。俺にはそうとしか思えない。

「……資料はすべて、事実ですか」

俺は往生際悪く聞いた。

「はい。裁判で証拠能力がある資料になります。詐欺師として保証します」

「なんの冗談ですか、それ」

資料を確認する。

ご丁寧にそれぞれの証言に魔力印まで付けてある。

「確認します、ソフィーアさん。【竜の翼】《ドラハンフルーグ》は【黄昏の梟】《ミナーヴァ・アカイア》に何メルク支払うことになっていますか」

「現時点で三十万メルクが消えています。数か月先にはもう三十万メルクが支払われる予定です」

うん。多少貯金があったとはいえ、それは階層主《ボス》討伐の報奨金がなければそもそも払おうとすら思えない額だ。

「……闇地図があってもクロノスたちは階層主《ボス》を退けられない。もっとたくさん外部の助けを使っていたはずだと思うんですけど、どうですか」

「複数の一般人や冒険者が金で雇われて囮に使われていたことが判明しています。こちらは【黄昏の梟《ミナーヴァ・アカイア》】のゲレオンという男が主導で行っていたことですが、クロノスさんも了承していたそうです。細かい取引内容や金額等は資料の後ろの方に書いてあります」

こちらも照らし合わせる。きっとこれも真実だと判断した。

これにて事実関係の確認が取れた。

「ふう」

肩の力を抜いて、息を吐いた。

それからソフィーアさんに、確認した。

「……それで、あなたの要求はこの資料と引き換えに【竜の翼《ドラハンフルーグ》】の全財産を移譲する契約書に、魔力印を刻むこと、ですか？」

「はい」

「もしかして、どんな展開であれ、【竜の翼《ドラハンフルーグ》】なんて終わればいいと思ってたり、しますか？」

「クロノスさんは狂っています。これ以上の凶行に及ぶ前にケリを付けるべきです」

それはまあ、同意しないといけない。これ以上野放しにして財産を絞りつくされるまで闇地図を買われたらたまらないし、一刻も早くこの資料は欲しい。

総合して、どうするべきか考える。

この資料をもらったら俺はすぐに憲兵に駆け込むわけで、そうなれば【竜の翼】《ドラハンフルーグ》は終わる。なら魔力印を刻むか否かは些細な問題になるか。

でもまた別の悪人に金を渡すのは、別の悪いことが起きそうなような。

そこに関しては、この交渉が終わったあとにできることをすればいいのかな。すぐに通報するか、戦ってソフィーアさんを拘束する。対策はされているかもしれないけど。

「私としては資料をこのまま渡すこともやぶさかではないのですが、やはりお金は必要なので。ちなみにその資料は私の承認なしに私から一定距離離れると燃え尽きるようになっています」

「なるほど」

それに、希望的観測だが、彼女には何かしらの信念があるようにも思えた。

詐欺はよくて闇地図はダメというのは妙な気はするものの、でも、特別に非道なことに対して憤りを覚えるくらいの分別はあるようだ。

俺の方はといえば、実は憤りとかはないみたいだった。

「……わかりました。印を刻みます」

なんというか、こう、難しい。言語化はしづらい。

ソフィーアさんは眉を少し動かして、言った。

「本当にあなたは無欲なんですね。ついでに金は山分けにしろ、とでも言ってみていいところだと思うのですが」

「多分、そんなんじゃないです」

利益とか、ましてや正義感や信念に基づいて行動するわけじゃない。

人差し指を契約書に押し当て、魔力を流した。

この魔力印は血印と同等の効力を持つ。これで【竜の翼《ドラハンフルーグ》】の全財産はソフィーアさんに移譲されることになる。

「一応、言っておきますが」

ソフィーアさんは付け加えるように口を開いた。

今日初めて彼女から気色のある声を聞いた気がして、驚いた。

「ヴィムさんがあの亜人種《アウスレンダー》の少女を救い、リタ＝ハインケスと接触して以降は闇地図の作成は止まっています」

「……そりゃ、どうも」

人差し指を離した。

ソフィーアさんはぱっと契約書を取って、あっさりと席を立った。

「これにて取引は終了となります。その資料は好きにしていただいて構いません」

「……了解です」

「ちなみに私がお金を受け取り次第、仲間がギルドと憲兵、新聞社に駆け込むことになっていますので、実は何もしていただかなくても【竜の翼】《ドラハンフルーグ》は崩壊しますよ」

それはずいぶんやる気満々だな。思ったより圧が強いというか。

「その、積極的……ですよね。何か信念でもあるんですか」

俺がそう聞くと、ソフィーアさんは足を止めて逡巡する様子を見せた。ここが打ったら響くところらしかった。

「私たちはどうしようもないクズですが、それでも揺らがないことが一つだけあります。それは貧しい者から奪わないこと。富める者、恵まれた者、再生できる者からしか奪わない。義賊のようなこともやったことがあります」

毅然とした、でも悲しみの籠った言葉だった。

「私も加担した身です。罪滅ぼしに、このお金で孤児院でも建てます」

「……そうですか」

「半刻ほど待っていただけると助かります。いえ、正直に言うと心配した仲間がこのお店を囲んでいるので、ちょっと荒っぽいことになると思います。あまり害する意図はないので大人しくしていただけると」

「ええ……」

「では」

そう言って彼女はゆっくりと、まるでちょっとお茶をしに来ただけかのように、優雅に店を出ていった。

ソフィーアさんが店の扉を潜った、その瞬間である。

喫茶店の空気が変わった。

店の外と、それから中で、明白に妙な動きをした人物が数名いた。

「――ル！　ヴィムを守れ！」

構えようとしたところ、聞いたことのある声が響いた。

ハイデマリーが駆け出してきていた。後ろに二人、ラウラと、護衛のような男性を連れている。

「二人とも、なんでここに⁉」

「話はあとだヴィム！　状況は⁉」

「え⁉　えっと、そんな、殺し合いとかじゃない！　敵の目的は時間稼ぎ！」

「だそうだ！　構えろ！　アーベル！」

「了解！」

この場において俺が守られるべき存在だと認識されていることに気付き、受け入れて、素直に守られることにする。躍り出てきた二人の後ろに下がった。

しかしその一方で、どうしてもそぐわない異物感も遅れて覚えて、周りを見回した。

ラウラが陣形の後方で、孤立している。

複数の矢が飛んできていた。

俺たちは回避と防御の準備ができている。だけど、ラウラは違う。

「しまっ――」

失策に気付いたハイデマリーが叫びかけた。

俺の真横を通り過ぎた矢は、ゆっくりとラウラに向かって進んでいた。

だからその矢を、後ろから掴んだ。

「待ってください！　戦闘の意思はありません！　時間まで大人しくしています！」

振り返ってすぐさま叫んだ。

すると刺客たちは後退して俺たちと距離を取り、武器を下ろさないまま静止した。

本当に状況は膠着する。ソフィーアさんの言う通り、ある時間まで大人しくさえしていれば身の安全は確保されるようだ。

「おい、ヴィム、どういうことなんだ」

ハイデマリーが尋ねてくる。

説明しようとして、ラウラの存在を強く意識してしまった。

危機のおかげで一回りだけ回った血が、急に淀んだ。この気持ちで彼女にどう向き合えばいいかわからなくて、守ろうとする素振りで彼女の前に立ち、その姿を見ないようにした。

不自然に動かしたその視線を、ハイデマリーに気取られた。

「ラウラの前では言えないこと？」

彼女は声を潜めた。やはり、なんでもお見通しらしい。

「……【竜の翼《ドラハンフルーグ》】が闇地図を買ってたんだ」

隠しても仕方がないので、俺も声を潜めて言った。

ハイデマリーはげっ、と言わんばかりに顔を歪めた。

「うわぁ……もしかしてだけど、ラウラが被害者なの」

「そういうこと、らしい」

「そりゃあ、最悪だね」

「……うん」

「で、それがなぜ今、囲まれることに繋がったの」

「えっと、それはかなり複雑なんだけど、さっき俺が会ってた人が、ソフィーアさんっていって、俺の後任で【竜の翼《ドラハンフルーグ》】に入ったんだけど、実は詐欺師で――」

「ええ……」

刺客の動きに目を配りながら、事の顛末を話した。

「それで、あの耳長族《エルフ》が金を持ち出すまで待たなきゃいけないってことね。敵の目的はあくまで時間稼ぎで、攻撃するつもりはないのか」

「ごめん、説明下手で」

「いいって。じゃあ、私たちは一応安全なわけだね？」

「うん。あと、ソフィーアさんたち？　の組織は闇地図には反対みたいだから、お金とは別に個人的に憲兵に通報してくれるみたい」

「やりたい放題だな、あの長耳族《エルフ》……」

ハイデマリーは聞きに徹してくれて、敢えてなのか、俺の解釈の部分には踏み込んでこないでいてくれた。

しばらく思案して、彼女は口を開いた。

「それで、このあとヴィムはどうするんだい？」

「あー……まずは、一応、ソフィーアさんを通報するかな。あ、でも一応手続きはしたから合法ではあるのか。憲兵だけじゃなくてギルドにも行かなきゃ」

「……わかってると思うけど、そっちじゃないよ」

俺はそれ以上、答えられなかった。

そして表面上は緊迫感を保ったまま、半刻が経った。

笛の音が聞こえたと思ったら、それは退却の合図だったらしく、刺客たちはくるりと翻って、一斉に喫茶店を出ていく。

店に残ったのは俺たちと、店のマスターだけだった。

ようやく構えを解くことができるようになって、ラウラは床にへたりこんだ。

「……ごめん、ラウラちゃん。その、怖い思いをさせた」

勇気を振り絞って、表情を変えずに、声をかけた。

「大丈夫です！　ヴィムさま！」

ラウラは言葉通り元気よく答える。

みんなが無傷であることを確認し、ようやく安心できた。

マスターにお金を多めに払って喫茶店を出る。時刻はもう夕方だった。

　ここは街の外れの方だから祭りは遠いけれど、それでも喧騒は聞こえてくる。

「とりあえず、まず、街に行って様子を見てくるよ。ギルドと憲兵隊の方にも確認してくる」

　俺はそう切り出して、続けた。

「ハイデマリー、えっと、ラウラを病院までお願いできるかな。あ、それと、【夜蜻蛉《ナキリベラ》】への報告もお願いしたいんだけど……」

　戦闘があったので、パーティーに報告する義務がある。

　さらにこれから【竜の翼《ドラハンフルーグ》】のことで騒ぎになるかもしれないわけで、事の次第をカミラさんの耳に入れておくべきだろう。

　ハイデマリーは一旦、了承してくれた。

「わかったけど、行って、どうするの？」

「それは、行ってから考えようかな。とりあえず状況を知りたいし」

「……すぐ戻りなよ」

「うん。あ、あと、そういえば、どうしてみんなこんなところに？」

　俺がそう聞くと、さっきまで落ち着いていたハイデマリーがやたらあたふたし始めた。

「ああ！　それはね！　ヴィムを探していたんだよ！　ラウラがやっぱり君と一緒に踏破祭《ディイヒブライナヘン》を回りたいって言うから、私もついてきたってわけさ！」

「あ、そういうことなんだ」

「ほら、アーベルもいるだろ。君が所在の報告義務を怠ることになったら不味いと思って、合流してもらったのさ！」

「なるほど。あれ、じゃあ、その——」

合点がいった。ハイデマリーがいるのにラウラに護衛がいるのは変だと思っていたんだ。

「——アーベルさんは、ラウラちゃんの護衛じゃなくて俺の監視役なんだ」

俺がそう言うと、ハイデマリーは固まった。

「ヴィムさん！　そんな、他人行儀な！」

護衛の人——アーベルさんはショックを受けた顔で俺を見ていた。

しまった。知り合いだったか。どこかで会ったかな。

「あ、すみません。えっと、アーベルさん、ですよね」

「え、ヴィムさん、俺、何かしましたか？」

「あ、いえ、いや！　そんなことは何も！　俺こそ、きっと何か失礼を！」

「いやいや！　本当に何かしたなら、おっしゃってくださいって」

誤魔化そうとしていると、ハイデマリーが俺たちの間に割って入ってきた。

「さあさあ！　アーベル！　ラウラを送り届けてくれ！　ヴィムには私がついていく！」

彼女はくるっとアーベルさんの方に向き直って続けた。

「今日の監視任務は終わったよね？　それに私は本来近接向きじゃない。ラウラの護衛には盾職《タンク》の君が適任だろう」

「……あ、はい。わかりました」

それから、今度は俺の方を向いて言う。

「ヴィム、やっぱり私は君についていくよ。話が複雑だし、状況がわかっている者が一人くらいは……」

「あれ、でも報告は」

「あとでいい。とりあえず状況の確認は一緒にしよう」

ハイデマリーの様子がなんだか変だ。

強引さはいつものことだけど、焦っている感じがする。

「ほら、行こう。まずは憲兵に――」

ああ、そうか。

彼女は俺を、心配してくれているんだ。

「いや、ハイデマリー。俺、一人で行くよ。これは俺の問題だから」

返事を聞かずに駆け出した。

景色がやけに、ゆっくり流れていた。


街の中央に行くということは、祭りの真ん中に行くということ。

この速さで走っていればその活気の移り変わりがよくわかった。

踏破祭《デイヒブライナヘン》はこの国最大の祭典。加えて今回は第九十七階層と第九十八階層の分を兼ねるという ことでさらに史上最大の規模に膨れ上がっている、という触れ込みは確かだった。

走れど走れど人々は飲んでは踊っており、深まる夕闇を歓迎するようにまだまだ盛り上がっていく。中心に辿り着いたと思ったら、すぐにそれ以上の熱気がやってくる。

祭りの空気の特別さはどう言い表せばいいのだろう。

蠢く感情には喜と楽しかなく、期待感すら抱かせるのに、どこか危うさというか不安定な感じがする。人々の膨大な熱量が浮ついていて、何かきっかけになるような火種があれば暴発するんじゃないかと予感される。

そこにわずかな指向性があることに、嫌でも気付いてしまう。

空気がうねっている。人混みの中で渦巻いている。祭りの気に当てられた人々が、互いに煽り合うようにそのうねりを強め広げている。

聞こえた。

闇地図。

竜の翼《ドラハンフルーグ》。

クロノス。

確定だ。もうすべて広まっている。そして、何かが起きている。

これからどうなる？　憲兵が動くのか？

情報が欲しい。話を聞くべきか。

誰から聞く？　誰なら確かだ？

周りに目を配る。噂の根源を探る。

人の密度がより高い方には冒険者がいた。噂をしているのは彼らだ。そこから手繰って、また冒険者がいて、さらに行けばパーティーがたむろしている。そのパーティーは違うパーティーと言い合っていて、不安定な熱はさらに浮き立ち、より大きなうねりへと続いている。

うねりに呑み込まれながら人混みをかき分ける。吸い込まれるように進む。そして、見覚えのある場所に流れ着いた。

冒険者ギルドの前の通りだ。

道の両側には出店が並んでいて、祭りの客と、それから冒険者たちが押し合いながら往来している。

俺と同じく情報を求めてやってきた人が受付の方に押し寄せていた。見知った顔があってそちらに向かおうとするも、まったく進めない。

「通してください！」

叫べど、声は人混みに吸収される。

「どいてください！」

負けないように声を張り上げる。

熱気に呼応してしまって、こちらの気持ちも不自然に盛り上がる。

「ヴィム＝シュトラウスです！　ここを通して！」

名前を叫ぶと、声が届いた範囲の人がまるごと静まり返った。

すかさず無理やり人混みを押しのけて、顔見知りの受付嬢さんの前になんとか躍り出た。

「何があったんですか⁉」

「あ、ヴィムさん⁉」

「いったい何が、どうなってますか⁉」

受付嬢さんは言っていいのかと、躊躇う様子を見せる。

しかし俺は、元とはいえ【竜の翼《ドラハンフルーグ》】の一員だった。無関係だと言う人はいないだろう。

彼女は決意したように口を開いた。

「【竜の翼《ドラハンフルーグ》】が闇地図を利用していた、という垂れ込みが物証と一緒に憲兵と冒険者ギルドに届きました」

やはり、そうか。

「でもまだ、話だけですよね？　ここまで大騒ぎなのはいったい」

「いえ、もう半ば公表されている段階です。ここ最近の【竜の翼《ドラハンフルーグ》】の動きは明らかに不自然でした。冒険者ギルドと憲兵はずっと前から動いていたんです。物証が手に入り次第、突入するくらいの準備があったみたいで」

ちょっと待て、今、あった、って言った？

過去形で？

「それってつまり」

「はい。冒険者ギルドの対人部隊と憲兵団が合同で【竜の翼《ドラハンフルーグ》】のパーティーハウスに向かいました」

事態はすでに、引き返せないところまで進んでいた。

何百回と通った、冒険者ギルドから【竜の翼《ドラハンフルーグ》】のパーティーハウスまでの道。

人混みの中を走る。

避けることだけに集中したって、道を間違えることはない。

体が勝手に覚えている。迷うことなどありえない。

この道の景色はすべて知っている。

朝も、昼も、夜も。雨でも風でも。あるときは報告書、あるときは本、またあるときは討伐証明部位を片手にこの道を通ってきた。

居心地が良かったわけじゃない。

受け入れられていたわけでもない。

だけど達成感はあったし、充実感もきっとあった。この道を歩くことは俺のいつも通りで、そして扉を開けたときに一種の安堵を覚えていたことも確かだ。

それだけに、あまりに大きな違いが訴えかけてくる。

異様な空気だった。

この先がうねりの中心に間違いなかった。

石畳を進めば進むほど祭りの浮ついた熱気が膨張し、変質していく。香ってくる酒の匂いに悪いものが混じる。

楽しそうな笑いは怒鳴り声に変わり、興味や期待は悪意に姿を変え、暴力すら見え始めた。それらが相乗効果を引き起こしてさらに群衆の制御を外していく。その危うさに無自覚なまま、どんどん盛り上がっていく。

ここを曲がれば、俺たちのパーティーハウスだ。何が起こっているかをこの目で確かめられる。意を決して踏み出した。隠れていた景色が露わになった。

一つの角を挟んで朧げになっていたものが、言い訳のしようもなく直接俺に相対する。

飛び込んできたのは、光と、怒号。

【竜の翼《ドラハンフルーグ》】のパーティーハウスは、燃えていた。

建物の半分から火が出ている。その明かりに大勢の野次馬が群がっている。

憲兵団や冒険者ギルドのような公の組織が建物に火を放つわけがない。この炎は戦闘によるものか、もしかしたら群衆の放ったものかもしれない。

前列ではパーティーハウスに向かって石が投げられ続けていた。

こんなの異常だ。【竜の翼《ドラハンフルーグ》】は許されざることをしたとはいえ、度を超えている。このような行いをあのフィールブロンの人たちがするなんて信じたくなかった。

祭りの熱気が異常な作用を起こしている。

人々のタガが外れて、特別な空気というものに最悪の捉え違いが生まれていた。

かがり火の代わりに火事を、歌の代わりに罵声を、そして踊る代わりに石を投げる。踏破祭《デイヒブライナヘン》との共通点はごった返す人混みと熱気くらいだ。

人を押しのけて前に進む。

俺はヴィム＝シュトラウスだぞと言って空けさせる。

ようやく、最前列に出た。

憲兵が手で群衆を押し込めてパーティーハウスに近寄れないようにしている。奥の方を見れば複数の部隊と一人の魔術師が相対していた。

あれは、メーリスだ。

彼女が構えた杖を部隊が警戒して膠着状態ができている、そういう戦況に見えた。

「お、おお！　あんた！　ヴィム＝シュトラウスか⁉」

隣にいた中年の男性が話しかけてきた。

まだ目が血走っていない。純粋な好奇心でここにいる？　なら、話は聞けるか？

「どうなってますか⁉」

叫びながら聞く。

「何人かは投降したけど、リーダーのクロノスが立てこもってる！　あそこの嬢ちゃんが一発デカいのを撃ってから、憲兵どもが警戒してやがる！」

男性が答えてくれた。

やはり、そういう状況らしい。

しかしメーリスは魔力の調整がほとんどできないし、魔力が残っているのなら撃ちまくるはず。きっとあれは、彼女がまだ撃てると演技をしているだけだ。

「突入はまだなんですか⁉」

「まだだ！　多分野次馬に気ぃ使ってんじゃねえか⁉」

確かに、憲兵は群衆を抑えきれていなかった。炎上しているパーティーハウスと群衆の距離からして、何かが暴発したら誰かが怪我をする。正義を執行する憲兵には不利な状況だ。

皮肉も皮肉だった。【竜の翼《ドラハンフルーグ》】をあざ笑いに来た連中のおかげでまだ耐えているなんて。

「なあ、ヴィム＝シュトラウスさんよ」

男性は好奇心を湛えた表情をして、聞いてきた。

「やっぱりあんたも一枚噛んでんのか？」

どういう意味合いのことを聞かれているのか、遅れて理解した。

きっと的外れな推測をされたんだと思う。その細かい真意まではわからない。

でも、あまりにも不快に感じてしまった。俺がこの騒ぎに駆け付けたということに何かの意図を見出されたのは確かだった。

当たり前だ。俺は確かに関係者だし、仔細を承知しない人間から見れば疑わしいことこの上ない。

表情を気取られないようにする。動揺だけは見せてはならない、という理性が働いた。

自問する。

わかっていたはずだ。こうなる恐れは頭にあった。自分が本来ここにいる義理はないということも。

じゃあ、なぜ俺はここに来た？

【竜の翼《ドラハンフルーグ》】が告発されたのならできることなど何もない。そのことがわかっていたのに、なぜ。

憲兵団がついにメーリスはもう攻撃できないと悟り、一気に距離を詰めて捕縛した。

怒号の隙間からわずかに俺にも叫び声が届いた。いや、とかそのような声に聞こえた。久しぶりに聞く声がこれだなんて。

背後を守っていたメーリスが捕まって、燃えるパーティーハウスだけが残った。

男性の話が本当なら、あの中にクロノスが立てこもっているはずだ。

「クロノス殿！　出頭願います！　火も回っております！　もういくらも持たないでしょう！」

交渉役らしき憲兵が声を張り上げた。

群衆が呼応し、投降しろ、このまま死ねなどという罵声が飛び交う。

クロノス側に選択肢はない。もう冒険者ではいられない以上は抵抗しても無駄だ。

だけど、憲兵のこの煽り方は不味い。

あのクロノスの誇り《プライド》からしてメーリスに戦闘のすべてを任せたわけがない。彼女の役目は時間稼ぎだったはず。その時間で何をするかといえば、それはきっとクロノス本人の準備——治療か、何かだと思う。

闇夜を照らす炎に、青色の光が混じった。

あれはニクラの治癒魔術の光だ。使用できる最上位のものを、今、使った。

まだ彼らから戦う意思は消えていないのだ。

もう一戦闘、あるかもしれない。

そして、青色の光は目に見えて瞬き、消えた。

炎の形が揺らいだ。

風が吹き込むのがわかった。

パーティーハウスの壁は吹き飛ばされ、巨大な風圧が憲兵たちを襲った。

出どころがまったく見えない分、構える隙がなく、彼らはまとめて吹き飛ばされた。その上風の余波で酸素が供給され、周囲の炎は丸ごともう一段燃え上がる。

この技を知っていた。

『風牙《ウイン・ジーナ》』だ。

クロノスの持つ中で最強の技である。風を纏った剣で巨大な風の刃を上段から繰り出し、下段の斬撃と同時に相手にぶつける。出力や振り方の調整次第では遠距離攻撃にもなり得る万能の大技だ。

砂煙が巻き上げられて視界が悪くなる中、頭上に人影があった。

クロノスが風を使って、浮き上がっていたのだ。

それから彼は、石畳に足音を響かせて降り立った。

その光景を見て、形容し難い妙な気分に襲われた。

こうして目で実際にクロノスを見るのは【竜の翼《ドラハンフルーグ》】を追放されたあの日以来のことだった。

あのときの彼の顔は鮮明に覚えている。

怖い顔だった。

見知った顔が、いつもは自信に満ち溢れている顔が本気で敵意を向けてくると、あんなにも追い詰められるのだと知った。

だが今のクロノスにその面影はない。

以前より豪勢な鎧を身に着けているものの、綺麗な顔が格好つかなくなるくらいにまで全身が煤けている。

肩で息をする様に余裕はなく、状況も相まって生き汚さがまるで隠せていなかった。

何より、血走って爛々と光る眼が別人のようだった。

女性に向けていた柔和な笑みとは真逆の、追い詰められた獣のようなギラつきで、すべてを噛み砕いてやると言わんばかりに周りを睨みつけている。

その眼がこちらを見た。俺の姿を捉えた。

目と目が合っていた。

俺がまじまじとクロノスの姿を見つめているのと同じく、クロノスにも俺の存在がはっきりと見えているようで、互いに何かを逡巡するくらい密度の高い時間がゆっくりと流れた。

――殺してやる。

そう呟いたのが、わかった。

クロノスはそのまま、石畳に向かって風を放った。

反動で後ろに跳び、そのあとにたん、と軽い音が一度だけ響く。そうして彼は一息にフィールブロンの夜闇に消え去った。

追え！　待て！　と群衆は何もせずに騒ぎ立てる。逃げやがったと連呼する。

その一方で、炎は野放図に燃え上がる。

フィールブロンの建物は基本的に木造であり、このパーティーハウスも例外ではない。

ギイ、と軋んで柱が曲がる音が最初だった。

【竜の翼《ドラハンフルーグ》】のパーティーハウスは崩れ落ちた。乾いた破裂音が連続し、倒れた外壁と落ちてきた屋根が重なって、その隙間から火の粉が噴き出す。

悲鳴混じりの歓声が上がった。

憲兵たちは取り残された人間を救助すべく、燃え盛る瓦礫に殺到する。その様子を見て群衆はまた盛り上がる。

もはやこの場では、あらゆる枷が外れてしまったようだった。

危険すら顧みず、炎に煽られるように群衆の熱も上がっていく。

祭りの喧騒は終わらない。この出来事すら肴にして、踏破祭《デイヒブライナヘン》は最高潮を迎える。

第八話　もう遅い、なんて

【竜の翼《ドラハンフルーグ》】の炎上から丸一日が経った。

クロノス以外のパーティーメンバーは拘留され、聞くところによれば、事実関係が整理され次第、裁判が始まる、とのことである。

クロノス本人は現在も逃走中であり、捕まるのも時間の問題か、そうでなくても事実上はフィールブロンから追放されている状態だ。

この醜聞《スキャンダル》は一日で広まり、これでもかと尾ひれが付いた。同時にある程度の事実らしい部分は共有されて、分別のつく人間には大筋の想像ができるくらいにもなった。

曰く、【竜の翼《ドラハンフルーグ》】はヴィム＝シュトラウスの脱退以降成果が出せず、ついには闇地図という大罪に手を染めた。そもそも第九十七階層の階層主《ボス》討伐もほとんどがヴィム＝シュトラウスの独力で行われていたものであり、お目こぼしを貰うような形でその手柄を自分たちのものにしていた、と。そういう話になっていた。

事実関係はほとんど間違っていない。

俺が炎上の現場にいたことから、闇地図について告発した人間は俺なんじゃないかという話も出てきている。【竜の翼《ドラハンフルーグ》】を野放しにした責任を取るためとかなんとか。こちらも一部合っている。

総じて、俺を責める噂などなかった。

当然といえば当然、なのかもしれない。でも俺の実感とあまりに乖離しているので、自身の浮世離れした認識が際立って苦笑した。

世間の流れはむしろ俺を第九十七階層の階層主《ボス》討伐の真の功労者として持ち上げる方向に話が進んだようで、いけ好かない【竜の翼《ドラハンフルーグ》】を叩くための材料として俺が使われ始めた節もある。

加えて、ラウラのことがすっぱ抜かれた。こちらは断片を繋ぎ合わせて綺麗な美談ができ上がっている。俺はどうも、少女を窮地から救い、なおかつ新医療技術を提案することで後遺症すら克服させた偉人、ということになっているらしい。

せっかく引っ越した家の前では、ひっきりなしに人が行き来していた。

ベッドの上で頭から布団を被ったって、彼らの存在を感じる。声が聞こえてくる。

一番目立つのは記者だろうか。何やら活動家じみた人もいる。亜人種《アウスレンダー》差別の解消に一言、という声が聞こえたときは思わず笑ってしまった。

やってくる人は他にもいて、中には俺のことを純粋に慕ってくれているらしい声も聞こえてくる。郵便受けにはたくさんの手紙が押し込められて詰まっていて、もう回収する気すら起きない。

やめてほしい、と心の底から思った。

ずっと誰かに褒めてほしかったし、評価されたかった。

人の輪に入りたかったし、誰かが俺の話をしていることは嬉しいことだと思っていた。

今でもその気持ちはある。理解も共感もできる。

だけどさ、こういうのは違うんだ。

「……鬱陶しい」

言葉を呑み込むこともなくなった。

躊躇というタガが外れていた。

違うんだ。俺はそういう人間じゃない。そんな価値もない。

頭の中はぐるぐる回っている。でも不思議と、まったく混乱はしていない。

気持ち自体は整理されきった。何が起きて、誰がどう思って、そして俺がどう考えているのかを知っている。これから何をすべきかも。

答えは簡単だ。このまま【夜蜻蛉《ナキリベラ》】にいて、適切な距離を探ればいい。

気持ちと現実に折り合いをつけろ。クロノスのことについては個人的にやれることを尽くして思いを果たせばいい。やってしまったことは変えられない。大切なのはこれからのことで、俺を必要としてくれる人に、できる範囲で応えていくべきだ。

でも、そう考えるたびに、聞こえてくるんだ。

迷宮《ラビリンス》の呼び声が。

踏破祭《デイヒブライナヘン》の三日目は【夜蜻蛉《ナキリベラ》】のお披露目ということで、迷宮潜《ラビリンス・ダイブ》の格好そのままに行進《パレード》のような形で街中を闊歩する。

屋敷から郊外までゆっくりと歩いて声援に応え、サインをしたり、たまに古い装備を手渡ししたりなんかしながら、街の人々と交流を図るらしい。

必然、【夜蜻蛉《ナキリベラ》】のみんなとはしばらくぶりに再会することになる。

最低限のやり取りで屋敷を出て行ってしまったので、気まずいといえば気まずい。

こっそり屋敷に入って大広間に着いてみれば、みんながガヤガヤといつもの迷宮潜《ラビリンス・ダイブ》のように装備を整えていた。

空気は緩かった。これから命のやり取りをするわけではないので、装備の整備不良が悪いことに繋がったりしないからだ。

一部団員は逆に、普段と違う装備でやたら髪型を気にしていたり緊張していたりしているが、それは推して測られるべきものだろう。

「その……どうも、へへ」

できるだけ自然に、でも挨拶をしないほどの度胸はないのでアリバイ的に挨拶をして、こっそり集団に加わる。

よしよし、もともと影は薄いんだ。

このまま行進《パレード》も人混みに紛れてこなしてしまえ……るかな？　さすがに無理か。

「よっ、ヴィムさん！　久しぶりだねぇ！」

案の定、見つかった。

元気のいい声をかけられると、自然と背中に力が入って伸びてしまう。こちらもそれに応じなければならないような気分になる。

「あっ、その、おはようございます！」

この人は、えっと……マルクさんだ。久々だから名前が出てこなかった。

「いやー、大変だったな」

彼が俺に話しかけたことで、みんなの視線が一気に俺に集まったのを感じた。

「まあ、いろいろ聞いてるが——」

そして理解してしまう。

これは、あれだ。こういう手筈になっていたんだ。

陽気で遠慮のない人が、しばらく姿を現さなかった人に最初に話しかけ、核心の話題を突く役を担う。すると突かれた側も先に難所を越えられるので以後のやり取りが円滑になる。示し合わせたのか、そういう空気で自然とそうなったのかはわからないけれど。

「——大変だったな！　俺たちからは何も聞かねえが、落ち着いたら相談してくれや！」

マルクさんの言葉に、うんうん、と周りも頷く。

「あ、その……」

厚意だ。

これは純粋な厚意だ。

みんな、諸手を上げて俺を受け入れてくれている。

「ありがとう、ございます」

口から勝手にそういう言葉が出てくる。

みんなは笑顔で応えてくれる。

うん、ちょっと気持ち悪い。こう答えた自分も含めて。

相談したところでなんになると言うんだろう。

通り一遍の助言は予想できる。要約すれば地に足を着けて考えろ、ということしか言われない。

きっと俺はそんなのわかってる、と心中で切り捨てるんだ。

俺、こんなに性格悪かったたっけ？

なんでこんなことを思ってしまうんだろう。

【夜蜻蛉《ナキリベラ》】のみんなのことは好きだし尊敬もしている。楽しい思い出は楽しい思い出のままのはずで、居心地の悪さはあれど他にも嬉しかったことが……

……あれ？　そんなにあったたかな。

飲み会とか行ったたっけ。行ったたな。

でも何を話した？　思い出せない。誰とどこで何を話したのか、まったく覚えていない。

じゃあ、なんだ。

俺がやっていたのは、そんな記憶もできないほどの、上辺だけのやり取りか？

「તેથી જ મેં કર્યું」

はいはい、と心中で応えた。

もう不快ではない。耳心地が良くすらある。

「まあ元気そうでよかった！　なんてったってヴィムさんは俺たちの」

俺がそんなことを考えているなんて、目の前のマルクさんは知らない。知りようがない。

「いえいえ、その」

「〝英雄〟、ヴィム＝シュトラウスだからな！」

……え？

「これからもよろしく頼むぜ！」

みんな、特に反応する様子もない。

いつの間にか大層な二つ名がつけられていたらしかった。


行進《パレード》は予想通り、楽には進まなかった。

嫌になるくらい清々しい快晴だ。

屋敷を出ると門の前からたくさんの人がいた。家の前に張り付いていたような記者さんもいる。

俺が間違いなく出てくる場所ということで、話を聞けるとでも思っているのだろうか。

太鼓が二拍子を刻み始めて少し、金管楽器の景気良い音色が響いた。

「総員！　私に続け！」

カミラさんの声に合わせて一斉に歩き出す。

俺は最前列で彼女の隣だった。

「ヴィム少年、すまんが努めて愛想良くしていてくれ。街の人々あっての我々だ」

「も、もちろん、です」

覚悟を決めたのも束の間、門を出るなりいきなり群がられてしまった。

一斉に話しかけられて、一つ一つが何を言っているのかわからない。

警備員さんがある程度押さえてくれるのを後目に、そこそこ手を振ったり握手をしたり、笑顔を振り撒いて応える。

なぜか感謝とお礼を言われた。応援してます、とも聞こえた。結婚してくださいとか、聞き間違いでなければ言われたとも思う。

悪い気はしない。

いや、本当にしていないのだろうか。している気がする。

両方あるんだ。理解もできる。合うか合わないかといえば、きっと合わない方。

「さあここにおりますはみなさんご存じ、二体もの階層主《ボス》を屠った〝英雄〟、ヴィム＝シュトラウス！」

威勢の良い口上が響いて歓声が上がる。

右手を挙げて応えた。

これは羨望の眼差しなのだろう。何千本も突き刺さる。

何か綺麗なことを口に出した。何か嬉しいことを言われて笑った。求められればいろんな人と肩を組んだ。楽しさはあって、認められたという実感もあった。

――この人たちが、パーティーハウスを燃やしたんだよな。

でも、そういうふうに、考えてしまった。

二面性などと言うつもりはない。きっと違う人が違うことをやっているだけ。そうわかってはいても、このフィールブロンの人たちはずいぶんと現金に見えた。

帰りたい、と思った。

果たして帰る場所なんてあるのだろうか、と自問しながら。


行進《パレード》の夜は、ラウラと祭りを回る約束をしていた。

足取りは重い。だけど約束だから、守らなくちゃいけない。

ラウラのことが記事になってしまったので、簡単な変装として、二人して深くフードを被って出かけることにした。

まあ、これはこれで目立つ。あくまでマシってくらいだ。

来たのは中央広場横の屋台群だった。踏破祭《デイヒブライナヘン》では必ず見て回るべき場所とのことである。

言われるだけのことはあって、確かに壮観だった。他の雑多な屋台群とは違ってここは全店が木目を全面に出した骨組みで統一されており、その上で各々が目立つように少し色を交えてある。祭りの中にあって祭りに呑まれていない個性があるというか、祭りに集まってきたお店ではなくて、代々祭りの伝統を担ってきた老舗の風格があった。

聞いた話では、香りが注目点らしい。ここに屋台を出せるのは料理人ギルド推薦のフィールブロンを代表する有名店のみで、それぞれが香辛料や魚醤の香りで特徴を出し、気に入った香りを辿ればその料理に辿り着くくらいには差別化もされているとか。

でも、俺も香りを探してみたものの、あんまりよくわからなかった。全体として良い匂いはすると思うけれど。

「ラウラちゃん、その……脚は、大丈夫？」

ごった返す人混みの中、はぐれないように注意することも兼ねて、隣のラウラに声をかけた。

「はい！　付与済み《エンチャンテッド》ですので！」

彼女は弾けるような笑顔で言って、軽く跳ねて見せてくれた。

「はぐれないようにね。あと、名前を呼ばれても、反応はしない方がいいと思う」

「はい！」

狙われているとは言わないけれど、騒ぎの渦中の人物であるということと、例の美談が広まっていることもあるので、ある程度は記者を警戒しておいた方がいい。

「あの……ヴィムさま」

ラウラが頬を染めながら、何やら手を差し出してきた。

「うん？　どうしたの？」

遅れてその意図に気付いた。

もしかして、手を繋げってこと？

いやいや、年頃の女の子にそういうのはあんまり……子供だな、うん。

ええいままよ、と手を握った。

人の手を握った経験なんてほどんどないから、妙な気分だった。

「行こう、か」

「……はい！」

人混みの中を目まぐるしくすり抜けていく。

俺が引っ張る時間よりも、ラウラが引っ張ってくれる時間の方が長い。

そうやって人々の熱気に当てられ、三拍子の音楽に耳を傾けていると、感情の振れ幅が大きくなっていく気がする。反面その盛り上がった気持ちを周りの人のように発散できない自分に気付いて、孤独感が深まってしまったりもする。

こうやってラウラが力強く手を引いてくれていることに、一つの安心感を覚えた。

情けないのが、俺はあまり背が高くないので、男性が多いような場所では埋もれて前が見えなくなってしまうことだ。

そこで、俺がラウラを肩車することにした。彼女に遠くを見てもらって、行きたいところにいってもらう方がいい。

「ヴィムさまヴィムさま！」

ラウラがお気に召す屋台を見つけた。

看板には「七種串」と書いてある。四種類の部位の肉と、三種の野菜の組み合わせ、唐辛子の効いたタレで味付けしているらしい。

少しの行列に並んで、二本の串を買った。

「これはきっと美味しいです！」

串を手に、ラウラは目をキラキラさせていた。

嗅覚に優れた亜人種《アウスレンダー》のお眼鏡に適うなら、きっと美味しいのだと思う。

しかしまあ、個人的にこういう物を食べるのには勇気が要る。いろいろな味を組み合わせた味はあんまり好みじゃない。

つべこべ思うことをやめ、齧ってみる。

「……あれ？」

「美味しいですね！　ヴィムさま！」

「あ、うん」

「よかったです！」

もっと複雑な味でびっくりしてしまうかと思ったけれど、普通に食べられた。見た目よりは単純で、あまり好みが分かれる味付けでもなかった。

小腹を満たすと、今度はそのまま広場に連れてこられた。

ラウラは躊躇することなくスイスイと踊る人々の中を抜けていき、ちょうどよく空いた場所で立ち止まって、こちらを振り返った。

そして、ちょこんとスカートの端を摘まんで頭を下げた。

「ヴィムさま！　踊りましょう！」

どうも俺は、リードをされる側らしい。

「あの、ちょっと強化《バフ》が難しくなると思うんだけど、大丈夫？」

ラウラはあまりに迷いなく踊ると言ったけれど、踊りは上半身と下半身を敢えて連動させない運動なので、強化《バフ》の難易度は相当上がってしまうはずだった。

「できます！　練習しましたので！　えっと……すみません、ヴィムさま、ちょっと、支えてもらえますか？」

言われた通りに、肩を抱いて体を支える。すると一度、かくんと腕全体に体重がかかった。しゃがんで支え直して、軽く膝に座ってもらう格好になった。

「……えへへ。まだ、ちょっと、切り替えは難しくて」

「そっか。でも、すごく、上達は早いと思うよ」

「ありがとうございます！　ええと、『廻る《ダリーディオン》』・『無欠《ウイダーシユーン》』――」

ラウラはすらすらと詠唱をしていく。

一方で不自然に力が抜けた脚が、目についてしまった。

「――付与済み《エンチヤンテツド》、です！」

詠唱が終わると、彼女はすっくと立ちあがって、俺に手を差し出した。

ラウラと手を繋いで、見様見真似でやってみる。

広場で踊っている男女を見るに、一、二、三、一、二、三と足を動かしていくらしい。

「ごめんラウラちゃん、俺あんまりこういうのやったことなくて」

「テキトーでいいんです！　楽しみましょう！」

頑張って、ラウラのあとを追って足を踏み出してみる。
一、二、三。
一、二、三。
一、二、三。
踊れているのだろうか。単に三歩ずつジグザグに歩いているだけに思える。でもラウラはラウラで楽しそうで、なんだかこっちも楽しい気がしてくる。

周りを見てみれば夫婦や恋人らしい人たちばかりだった。

さらによくよく見てみれば、みんな何かを話している。二人だけの世界というか、繋いだ両手の内側に何か特別な空間が作り出されているような。

「ヴィムさま」

ラウラの声の調子が変わった。

足は止まっていない。音楽も続いている。

「私、ヴィムさまにとっても感謝してるんです！」

彼女は緊張した面持ちで言った。

笑顔でも、手から震えが伝わってきた。他の動きで誤魔化さないと切り出せもしないくらい、彼女は勇気を必要としているようだった。

それでも掴んだ両手を離すわけにはいかないから、逃げ場がなくて、言うしかなくなってしまうのだ。恋人たちが祭りで踊るのはこういうことかと思った。

「その、何度もお礼を言おうと思ってたんですけど、ちゃんと言うのは難しくて。本当に、ありがとうございました、ヴィムさま」

まっすぐな瞳だった。

「……そんなんじゃ、ないんだ」

俺はそれに、耐えられなかった。

「むー！　素直に受け取ってください！　ヴィムさま！」

「え、えっと、そう、だね。受け取らせてもらおう、かな」

小手先で口を回してそう答える。

ラウラの顔がぱっと明るくなる。それからちょっと踊りの歩幅が大きくなったような気がする。

でも、違うんだよな、これは。

分離している。感じていることと体の動きが違う。

ダメだよラウラ。俺、君の顔が見れないよ。

俺にそんな資格はない。そんなにまっすぐにぶつかられたら、耐えられない。

迷惑を、かけてしまったんだ。

「ラウラちゃん、あのさ」

「はい？」

「ハイデマリーって、口は悪いけど、すごく良いやつなんだ」

　ハイデマリー、という名前が聞こえて、ラウラは素っ頓狂な顔をした。

「荒っぽいけどさ、あれはあれで独特の敬意というか、遠慮しないことがかえって相手への誠意を表す、みたいな。そんな文脈だから、うん」

「……むう」

　ラウラはあからさまにぷくっと頬を膨らませた。

　どうも、不味かったらしい。

　さすがの俺でも、ラウラが俺に多少の好意を持ってくれているのはわかった。不自然に第三者の名前を出すというのは良くないか、やっぱり。

　まあ、その好意もとんだ自作自演みたいなものだから。

「とにかく、仲良くやってほしいんだ。その……お願い、できる？」

　ラウラは膨れた顔のまま、頷いてくれた。

　そのあとは黙って踊り続けた。

　何か大人の男の人っぽい余裕でも見せてあげたらいいのかな、なんて頭に過ったけれど、どうせ碌なふうにはならないのでよしておく。ただ一つ、さっきみたいな失言だけはしないように注意した。

　時間になって、くたくたになったラウラを病院まで送っていった。

　これできっと、約束は果たしたことになるのかな。

踏破祭《デイヒブライナヘン》の歓声を後ろに、石畳を歩いていく。

呼び声が聞こえる。

「શું તમે આવી રહ્યા છો」

意味が段々わかってきた。

悪い意図は感じられない。

さっきから「早く来て」みたいなことをずっと言われている気がする。

「જલદીકર」

体調は悪くない。十分寝てるし食べてる。

なんだかふわふわする。前みたいに頭がガンガンしているわけではなく、平然と受け答えするうちに誘われるかのような、そしてそれが嫌じゃないような、そんな感じ。

リタ＝ハインケスが言っていたことはこういうことなんだろう。カミラさんの危惧は正しい。

だが、順番が違うんだ。迷宮《ラビリンス》の呼び声を聞いたから迷宮《ラビリンス》に向かうんじゃなくて、もともとそういうやつが迷宮《ラビリンス》の呼び声を聞く。

家に着いて、扉を開けた。

「やあ、ヴィム」

居間ではハイデマリーが我が物顔でソファーに寝転んでいた。

「なぜそんな平然と……」

「裏口の鍵が開いてたからね。この状況で不用心にもほどがある」

「いや、だからなぜそんな平然と……」

というか裏口の鍵は閉めたはずだ。記憶違いだろうか。

彼女は寝転んだまま、俺の疑問には答えず、続ける。

「ラウラはどうしたの？」

「病院まで送っていった。あと、やっぱり声はかけられたから、しばらくは外出しない方がいいと思う」

「ふーん」

「だから、その、そうだ、ちょうどいいや、今から君のところに行こうと思ってたんだけど、その、俺が何かで手を離せないときに、ラウラのことを頼みたいというか……」

ハイデマリーは背を起こして、俺の方を見た。

「あの子の下半身の強化《バフ》って、完成してるの？」

「あ、うん。昨日、〝獣化〟にも対応した術式ができた。二階に置いてあるから、必要なときが来たら見てほしい」

「うへー、信じられない仕事の速さだね」

「あの……ハイデマリー、君なら応用、できると思う。君は付与術も使えるし、なんならもっと、自由度は高くなるし」

彼女は冗談めかして苦い顔をした。

これはきっと、引き受けてくれたってことだ。

「わざわざ借りるんじゃなくて持ち家にしたのって、ラウラに渡すため？」

そして相も変わらず、その奥の意図まで汲み取ってくれていた。

「うん」

「もしかして、闇地図の件、うすうす感づいてた？」

「そう……なのかな。何か、先立つ物を用意しようとはしてたような気がするし」

贖罪なんて高尚なものではない。俺はいつだってもっと自己中心的だ。

全部が罪を軽くしたいがための予防線だった。あの子が歩けるように術式を組んだのも、全部。

「君がそこまで責任を感じる必要はない、なんてことを言うつもりはないぜ。無駄だし」

「……助かるよ」

「まあラウラの側もそんなところまで責任を負われちゃたまったもんじゃないってのは……いや、そういうことも込みだよね。ごめんごめん、何か言いたくなっちゃった」

ハイデマリーはソファーから起き上がり、俺の方を向いて座り直した。

ところで、彼女はここに何をしに来たのだろう。

重大な話をしに来たようでもあるけれど、敢えて軽い空気を醸し出してくれているから判別がつかない。

「ねえ、狐と葡萄の話って知ってる？」

彼女は突然、そんなことを言った。

狐と葡萄？

聞いたことあるような、いや、ないな。聞いたことはない。

「何それ」

「なんでもないよ。灰被り姫《サンドリヨン》は知ってる？」

「知らない」

「白雪姫《シニーヴィッツェン》は？」

「……うーん、聞いたことある、かな。昔話みたいなやつ？」

どれもどこかで聞いたことがあるような気がするけど、まるで中身は思い出せない。

なんだなんだ、ハイデマリーは急にどうしたんだろうか。

「全部民話だよ。まあ、置いておいてくれ」

確認事項でもあったのか、俺に何かを伝えたいわけじゃないらしい。

「ヴィムってさ、あんまり食べ物全般得意じゃないよね。特に苦かったり、いろんな味がしたり」

「ん？　……ああ、まあ、そうだったかな。いやそんな食欲全般を否定されると違うとしか言えないけども」

「いっつも同じ物しか飲まないし食べないよね。いや、過去形なのかな」

「うん。最近いろいろ食べられるようになった。みんなのおかげかな、へへへ」

俺がみんな、と言ったとき、彼女の顔が曇ったように見えた。

「ねえ、ヴィム」

　声色の深刻さが一段と増した。

「【夜蜻蛉《ナキリベラ》】の人の名前、どのくらい言える？」

　そう言われて、泳がせていた俺の目は、射貫かれた。

　心底を見透かしたような目だった。

　ごくごくたまに、彼女はこういう目をする。口を結んでもいないし笑ってもいない。ただ、力を入れずに静かに閉じて、俺の瞳をまっすぐ見つめている。

　それがわずかに、微笑んで見える。

「……どうしたの？」

「あ、いや」

　ここに限っては、問い詰められる覚えがあった。

「カミラさん、はわかるよね。マルクさんとは行進《パレード》のときに話してたけど」

「そりゃ、もちろん」

「じゃあ、アーベルは？」

「……この前話した人、で合ってる？」

　俺が言うと、ハイデマリーは肩の力を軽く抜いた。

「ハンスさんは？　ベティーナさんは？」

　黙り込むしかない。

俺は答えられなかった。

実のところ俺は、【夜蜻蛉《ナキリベラ》】の人の顔と名前をほとんど覚えられていない。

昔から人の顔を覚えるのが苦手ではあった。でも、最近はそれがどんどん酷くなっている。

屋敷では何度も混乱した。知らない人が、最初から俺の知り合いでしたという顔で、この前に言ったこと、言われたことを踏まえて話しかけてくるのだ。

わからない。自分の特性なのか、それともあまりに思い詰めすぎて頭がおかしくなっているのか。覚えていないことだけにまったく危機感も覚えられない。

黙り込む俺を後目に、ハイデマリーは立ち上がった。

「じゃあ、行くよ」

「え、結局、なんだったの」

「雑談さ。忘れてもらって構わない」

「ええ……」

「カミラさんに呼ばれててね。君のことについてさ」

「あー、それは、申し訳ない」

わけもわからず聞きたい放題聞かれて終わってしまったけれど、そう言われたら引き留められない。

棒立ちしたままさよならを言うのはなんなので、せめて見送ることにする。

ハイデマリーは扉まで歩いて、そしておもむろに靴を履く。妙に意味深長な仕草に見えた。

……やっぱり、バレている、みたいだ。

「ねえ、ヴィム」

こちらを見ずに、彼女は俺の名前を呼んだ。

彼女はこうして俺に呼びかける。

普通に呼びかけるときだったり、話題の転換のときだったり、長話をよくするがゆえに生まれた定型句みたいなものだ。

「一つだけ、約束してくれ」

振り返らずに、彼女は扉を開けた。どんな顔をしているか見えなかった。

「私のことを覚えていてほしい。できれば一日一回、私のことを思い出して」

「……なにそれ」

ハイデマリーはじゃあね、とは言わなかった。

それが別れの挨拶の代わりだってことに、あとになって気付いた。


肌寒くて静かな夜は、後ろ暗いことをするにはお誂え向きのように思えた。この時間帯だと祭りの最高潮は過ぎたくらいだろうか。

来たのは郊外の広場で、喧騒が懐かしくなるくらいにしんとしている。街の中央からは大分離れており、逢引きをしている恋人たちもいないどころか人っ子一人見当たらない。

クロノスは俺に「殺してやる」と言った。

意味は多様に取れるが、クロノスの場合それは一対一の戦いのことだ。現に街の中で人混みに紛れて刺してきたり、暗殺者を雇うような真似もされていない。

多分、彼は決闘をしたいんだと思う。

ここは【竜の翼《ドラハンフルーグ》】が訓練でよく使っていた広場だ。みんなはあんまり人に努力しているところを見せたがらなかったから、毎回わざわざ郊外にまで来て訓練をしていた。

……今更思い当たったけれど、もしかして、俺と一緒にいるところを見られたくなかっただけなのかもしれない。

我ながら発想が情けなさすぎて笑ってしまった。

「来たよ、クロノス！」

夜の闇に響くように、叫んだ。

呼びかけるのはずいぶん久しぶりだった。

俺たちはあの日以降、一度だって話してはいない。

この前も一瞬だけ見合ったくらいで、いろいろ所業を聞きつけはしたけれども、俺の方が持っている印象は昔のままで変わっていなかった。

しばらく沈黙が続く。

風切り音とわずかに聞こえる虫の声が余計に静寂を強調する。

そして、カツン、カツンと鎧を着た人間特有の硬い靴音が夜闇から聞こえてきた。姿を現すのを勿体ぶるように、月明かりが体の一部からゆっくりと照らしていく。

やはりこの場所で合っていた。以心伝心ぶりにまた笑ってしまう。

クロノスは変わり果てていた。パーティーハウスが炎上した日よりなお酷い。

頬は痩せこけ、髪型は崩れて、全身は土と煤で汚れきっている。満足に物を食べられていないのがわかるくらいに足取りは拙く、それでいて変にところどころに力が入っているような挙動だった。

かつての面影はない。良くて冒険者崩れの野盗、浮浪者と見違えてもおかしくなかった。

だが、それがかえって追い詰められた獣のような生命力を強調していた。

血走った眼が強い輝きを放っている。全身全霊を込めて俺を斬りにくることが今から予感されるくらい、鋭い殺気だった。

「その、久しぶり、だね」

「……よお」

クロノスが返事をする。

久しぶりの受け答えだった。

こんな声をしていたっけ、と思う。

前はもっと溌剌として自信に溢れていた。それが今はずいぶん低く、掠れるような喉の震えが混じっている。

「殺してやるよ」

そう呟かれて、怯む。

彼を見ると自然に気分がへりくだってしまうのも、変わらない。

感覚としてはやはり俺の方が下のままだ。クロノスの怒りもそういう前提があってのことだろう。実際に俺は雑な呼び出しに一生懸命応じてしまった。

思えば俺は、追放されてからもずっとクロノスを意識していた。

全部の体験を【竜の翼《ドラハンフルーグ》】の日々と照らし合わせていた。きっと過去とはそういうものだ。許されるのなら積もる話がたくさんあった。

だけどクロノスは両手で剣を握って、剥き出しの刃を俺に向けていた。

「あの、その、言い訳みたいになるけど、俺は」

「知ってる。ソフィーアだろ」

存外に話が通じて肩透かしを食らった気分になる。

クロノスは冷静らしかった。

一時の怒りに身を任せているわけではないようだ。ちゃんと俺になら話が通じると判断して、フィールブロンに留まる危険を冒しながら、俺を待っていた。

宥めたり、説得して変わるような半端さを持ち合わせているとは考えない方がいい。

「そんなことはわかってる！　構えろ！」

言われるがままに山刀《マチェット》を二本抜いて、両手に構えた。

殺意が刺さる。どうしたってあとに引いてしまう。こんなにも剥き出しの憎悪を正面から受けた経験なんてないから。

「行くぞ」

クロノスがそう言い放ち、決闘が始まってしまった。

やるしかない。もともとそのつもりでここに来ている。

見合う。

互いの間合いを測りつつ、左右の隙を探す。そうなれば右利き同士の戦いの定石通り、時計と反対の向きに回り合う。

クロノスの武器は両刃の両手剣だ。間合いが大きく一撃が重い。

ただでさえ身体に恵まれておらず、その上付与術師の俺では鍔迫り合いになってしまったらきっと勝てない。

そもそも俺の弱点として、扱える物体の質量がそこまで大きくないということがある。

高速で動いて威力を出したり、回避したりということはできるものの、大きな質量の物が範囲をもって攻撃してきたとき、迎え撃つのは難しいのだ。こちらの攻撃に対して大雑把な反撃《カウンター》のような形で返されると、為す術なくやられてしまう。

クロノスは隙だらけに見えたけど、反撃《カウンター》を狙っているようにも思える。わざとなのか、本当に隙なのか判別がつかない。

俺は待つことにした。

仕掛けようとしているが隙が見つからないふりをして、足を慎重に運び続けた。

そしてわざと、踏み出す足を躊躇って平衡を崩した。ごくごく一瞬だけ、重心を後ろに逸らす。

「死ね！」

十分な隙に映ったようだった。

クロノスは腹の底から声を出し、気を爆発させ、大振りで俺に突進する。

俺が誘ったんだから、対処の準備はできている。だけど実のところ、本当に受け止めきれるか、躱せるかは微妙だ。

最大限の速度を想定し、剣筋を逸らして隙を作るべく右手の山刀《マチエット》を添えにかかった。

……だけど、あれ？

一撃が来ない。

想定していた感触と違ったおかげで、戦闘の勘が警報を鳴らした。

しまった、この突進は囮《ブラフ》だ。剣の軌道は途中で——

——変わって、ない。

目がクロノスの剣筋を捉えている。

それはまだ振り下ろされている途中て、俺が添えようとした山刀《マチエット》は空を掻いていた。

つまり、クロノスの剣は遅すぎた。

なんとでもなった。クロノスの剣の前を通り過ぎて振れてしまった右手首を外旋させて、峰で剣の根本を打った。

するとクロノスはいとも簡単に、右側に大きく弾かれて、こけた。

「……は？」

何が起きたかわからないというように、彼は間抜けな声を出した。

俺も、何が起きたかわからなかった。

違う。わからないことなんてない。俺には全部見えていた。

認識の枷があっという間に外れる。俺がクロノスを評価するときに無意識に作り出していたしがらみが、音を立てて剥がれ落ちる。

こいつ、こんなに弱かったか？

俺がそう思ったのが伝わったらしい、クロノスはさっきまでの慎重さとは打って変わって、立ち上がるなり叫びながら、右から剣を出して大振りで突撃してきた。

普通に避けた。屈みながら前に一歩踏み出せば剣は宙を斬った。

まさしく隙だらけ。全身のどこだって斬れる。今すぐ頭を落とすことだって可能だった。

だけど、殺すのは俺の役目じゃない。

見定めて、まず両脚の脛骨を山刀《マチェット》の峰で叩き割った。

両脚は打たれた勢いのまま弾かれて、クロノスは体を剣で支える暇もなく、足と頭を入れ替えるように回って地面に顔をぶつけた。

「がっ、あああぁあああ！」

彼は叫んでいた。痛みを誤魔化すように、一心不乱に叫んでいた。

静寂の中、情けない声が広場に響き渡る。

月だけが俺たちを見ていた。辺りはがらんとしたままで、クロノスの叫び声は反響すらしていた。

まだ警戒を解いてはいけないと思いながらも、力が抜けてしまう。

こんな状態でもクロノスはまだ諦めていなかった。転がりながら、落とした両手剣を拾おうとしていた。

「ダメだって」

小走りで追いついて、剣を遠くに蹴り飛ばした。ついでに両手を踏んで、もう一度山刀《マチエット》の峰を使って両前腕の骨を叩き割った。

クロノスはまた叫んで転げ回った。

転がると脚なり腕なりの折れた箇所が圧迫されるのか、余計に痛むみたいだ。立ち上がろうとするたびまたもんどり打って転がって、さらに痛みに顔を歪める。

せっかく治りやすいよう綺麗に骨を割ったつもりだったのに、このままでは放っておいても勝手に重傷になって死にそうだった。

「くそっ！　くそっ！」

叫びに徐々に悔しさが混じり始める。

「ふざけんな！　ふざけんな！　ありえない！　くそっ、あああああああ！」

クロノスは俺を睨みつけていた。

両腕両脚が使えないから、胴体と首を懸命に回して俺を見て叫んでいた。綺麗だった顔は汚れている上に、潰れた鼻から大量の鼻血が出ていて無様だった。

腹の底からため息が出る。

――俺は、これにずっと縛られていたのか。

完全に決着はついていた。

憲兵はもう呼んである。でも思ったより早く終わってしまった。遅れてくるように言っていた分、まだちょっとだけ時間はあるようだ。

「お前がっ！　お前のせいで！」

クロノスの叫びは完全に恨み節に変わっていた。喉に力を入れすぎて顔が真っ赤だ。

俺の側にもう緊張はなく、絶対的に優位な立場にいた。視覚的にも俺は今、クロノスを見下している。

「……その、君に関しては、それはさすがに違うと思う。自業自得だよ」

いつの間にか、口が動いていた。

何を言うつもりなんだろう、俺は。

クロノス相手に言いたいことがあるかというと、ない。説教をするつもりはないし、そんな資格もない。

「あの、俺はさ、さして名誉が欲しいわけでもなかったんだ。【夜蜻蛉《ナキリベラ》】のみんなからたくさんのものを貰ったってのもあるし」

なんだったかな。

そう、ちょっとだけ、ほんのちょっとだけ、褒められてみたかった。それだけなんだ。

頭の中と外で言葉がするすると出てきていた。

「ふざけるな！　全部お前がやったんじゃないか！　お前が」

「聞いてよ」

うるさかったので、クロノスの胸倉を掴んで頬を叩いてみた。

静かになった。

彼は面白い顔をしていた。

信じられない、と顔で言っているみたいだ。

「知らない、知らないいんだよクロノス。君がどうなろうが」

これはあれだな、クロノスに聞いてほしいんじゃなくて、クロノス相手だから言えることがあるんだ。

「俺は関わりたくなかっただけなんだ。君は君で好きにやればよかったじゃないか。俺は何もしなかった。階層主《ボス》討伐の話だって特に訂正しなかったんだよ。だってそれで君がどうこうなって逆恨みでもされたら面倒じゃないか」

整理されていた本心が固まっていく。

言葉にすることで、何を思っていたのかがはっきりわかる。

「俺がちょっと、どうでもいい損をするだけだと思った。だからそうしたのに」

俺は今まで一度だって正義感で動いたことがない。迷惑をかけたくなかっただけなんだ。

困っている人に手を差し伸べないのに罪悪感を覚えただけ。

つまるところ、何も責任を負いたくなかっただけだ。

「なのに、余計なことをしやがって」

背負うものを勝手に増やされてしまった。

重いよ、闇地図なんて。

どうしてそんなことに俺を関わらせてしまったんだ。

俺はもうラウラを助けてしまった。君の罪の一要素になってしまった。抜け出せない。

いつの間にかクロノスはまた騒いでいた。

痛みを誤魔化そうともしているのか、喉が潰れても叫んでいる。

「お前は【夜蜻蛉《ナキリベラ》】にいたから！　俺だってお前くらい環境が良ければ！」

また頬を叩いた。

「ねえ、クロノス」

力関係が逆転していることに昂ってしまう。嗜虐的な気分になる。

「俺って、かなり変だと思うんだ」

でもまあ、このくらいは許してほしい。

「そういうのってすぐに伝わっちゃうらしくて、あんまり人にいい思いをさせないみたいなんだ。けどみんな一生懸命受け入れようとしてくれて、本当にいい人たちだったんだよ。君の言う通り、環境は良かったと思う。でもダメだった。俺には向いてなかった」

俺の側がおかしいんだ。

論理的にも感情的にもみんなに一切の咎がない。

折り合いをつけるべきなのは俺だけ。みんなは常識の範囲を超えて、過分なくらい譲歩してくれようとした。

だけど、俺には応えられないみたいなんだ。

どうしても違うと思ってしまう。

気持ち悪いと思ってしまう。

「だからさ、【竜の翼《ドラハンフルーグ》】みたいに無理に受け入れようとしないでいてくれる感じも、案外嫌いじゃなかったんだ。居心地は良くなかったけどね」

クロノスの眉が動いた。

「第九十八階層でさ、俺、活躍したんだ。それでちょっと勘違いしちゃった。俺はみんなに求められているんじゃないかって。それに応えることができるんじゃないかって」

「……じゃあ、そうしろよ！　できただろうが！　俺ならそうしてた！」

不意に、会話が成立する。

拍子抜けしてしまった。俺は一方的に喋っているつもりだったから。

「うーん……どうかな。クロノスはもうちょっと指導者がいた方が良かったとは思うけど、そんなに良いものでもなかったよ。俺にとっては」

「ふざけんな！　そんなに恵まれて、それを！　それを」

「聞けよ」

三回目。

もう一度、さっきより強めに頬を叩いた。

「ねえクロノス、君は頭がおかしくなってるよ。俺のことを気にしすぎなんじゃないかな」

いつからだろうか。クロノスはもともとそんなに慎重な質でもないけれど、大馬鹿ってほどでもなかったと思う。

どこかで何かのかみ合わせが致命的に狂ったんだ。

その原因が俺という異分子だったというのなら、もしかすると俺にも責任の一端があるのかもしれない。

さすがにそこまで罪悪感を背負うつもりはないけれど。

「だからさ、俺のことは忘れて生きてくれよ。もう遅いかもしれないけど」

クロノスは茫然としていた。ようやく大人しくなってくれたみたいだ。

憲兵の人たちがやってきた。念のため、クロノスの手足を縛ってから引き渡すことにした。

この人たちがクロノスを連れて行けば、すべては一件落着になる。そのまま然るべき手続きを経て裁かれることになるだろう。

裁判の結果はわからない。

どうなるのかな。犠牲になった人は多いけれど直接殺しにかかったわけじゃないし、死刑とかにはならないのかな。でも直接の恨みがないのに何十人も殺した、というのはなおさら質が悪いと判断されたりもしそうな気がする。

いずれにせよ、これでもう俺とクロノスは本当になんの関わりもなくなる。

あとは司法の手に任せればいい。死刑か終身刑か、刑期があればある程度は更生でもするんだろうか。

「……お願いします」

憲兵さんに挨拶をする。

「おい、こっちを見ろよ」

往生際の悪いクロノスは、まだ俺を挑発できる気でいるみたいだった。

憲兵さんたちはその言葉を無視して、俺に頷いて応え、クロノスを担ぎ上げる。あんまりにも荷物然とした持ち上げ方だったので、可笑しくすらあった。

「こっち見ろって言ってるだろうが！」

俺はその光景を傍《はた》からちゃんと見ていたのに、クロノスはそんなことを言った。

ああ、本当に、しつこい。

「……見てたよ、ずっと」

言葉を返すでもなく、離れていくクロノスに向かって呟く。

俺はずっと、嫌になるくらい【竜の翼《ドラハンフルーグ》】に縛られていたというのに。すべてが決着した今更、なんだというのだろう。

クロノスは俺の視界から消える最後まで、わけのわからない喚き方をしていた。

一人広場に取り残されて、さっき吐露したものの意味がわかってくる。

うん、やっぱりそうなんだ。

フィールブロンに俺の居場所はない。受け入れてくれないんじゃなくて俺が受け入れてほしくないんだから、どうしようもない。

……本当にどうしようもないな、俺。

迷いは消えた。

異常な選択を取ろうとしている自覚はある。でも夢現じゃない。

「……言われた通りに行くけど、どう？」

虚空に向かって言ってみる。

半分冗談だ。そのくらい余裕を吹かせてみたというだけ。

「[illegible]《嬉しいよ》」

まさか返ってくるとは思わなかったので、びっくりした。

心地良い声だった。

居場所がない俺の行く場所といえば、一つだ。

進んで選んだ選択肢と消去法で残った選択肢が一致する。

半分くらい振り返ってみれば、しっくりくる方角があった。

一歩踏み出すのに達成感と罪悪感がある。

緊張する。良い緊張だった。ずっと捨ててはいけないと言われていたものを、自分勝手に捨て始める、最初の決意。

行こう。迷宮《ラビリンス》へ。


あいつが俺を見下していた。

「だからさ、俺のことは忘れて生きてくれよ。もう遅いかもしれないけど」

やめろ。そんな目をするな。

見透かしているとかじゃない。

こいつは俺を相手にしていない。

見下されてすらいないんだ。

「おい、こっちを見ろよ」

話している途中なのに、忌々しい憲兵が俺を担ぎ上げる。何もしない癖に。事が起こってからしか動けない癖に、こういうときばかり正義面をするクズども。

あいつは気怠そうに振り返った。

黒くて無機質な、地底を覗くような瞳。

俺はあの目が大嫌いだった。

へりくだってヘコヘコして、自信がないっていう癖に、あいつの世界に関わる余地なんてハナから与えるつもりがないと、そう言われているみたいだった。

「こっち見ろって言ってるだろうが！」

「……見てたよ、ずっと」

嘘だ。

お前は一度だって俺を見たことがなかった。

「こっちを見ろよ！　ヴィム＝シュトラウス！」

追放したって無駄だった。遠ざかって見えなくなっていくのに、あの瞳が俺を捉えて離さなかった。

第九話　どうかあなたが

「祭りの夜にすまないな、ハイデマリー、アーベル」

執務室の机に座って、カミラさんは言った。

彼女にしては疲れて覇気が薄いように見えた。

おそらく、【竜の翼《ドラハンフルーグ》】が闇地図を購入していた件で冒険者ギルドから協力要請か追及があったのだろう。【夜蜻蛉《ナキリベラ》】は【黄昏の梟《ミナーヴァ・アカイア》】と敵対関係にあるし、特に今回に至っては私たちが秘匿していた転送陣を使われていた恐れがあり、ラウラの件に関しても聞き取りをされたに違いない。

街は今、事件の余波で大騒ぎである。

しかしそんなフィールブロンの中にあって、【夜蜻蛉《ナキリベラ》】全体としての最優先事項はそれらにはなかった。

無論、ヴィムのことだ。

【夜蜻蛉《ナキリベラ》】が保有する最強の戦力——それも、単騎で階層主《ボス》を倒し得る空前絶後の人材が流出の危機に瀕している。大組織の長であるカミラさんからすれば、これ以上に重大なことはない。

ヴィム本人は知る由もないことだが、カミラさんは踏破祭《デイヒブライナヘン》の前から団員全員に聞き込み調査を行い、ヴィムに何があったか、どのようなことが負担になっていたのか調べ、方策を打とうとしていた。迷宮《ラビリンス》の呼び声を聞いたというのはそのくらい逼迫した事態を表しているそうだ。

そんな状況で、考え得る限り最悪のタイミングで【竜の翼《ドラハンフルーグ》】の事件が起きて、しかもその被害者がラウラときた。

もう、すべてが裏目に出ていた。

カミラさんとしても、新たに何かしらの手を打つ必要があった。短期で解決できなくとも、良くなる方向づけくらいはしておきたい、とのことだ。

今夜に呼ばれたのは私とアーベルである。

ヴィムと同郷である私と、ヴィムと同年代で比較的仲が良いように見えるアーベル、という人選なのだろう。アーベルに限っては、団員の中で唯一ヴィムと一対一の接触を許しているらしい。

「アーベル、どうだ、ヴィム少年の様子は」

「はい！　以前と比べて肩の力が抜けているように思います。迷宮《ラビリンス》の呼び声を聞いたふうな仕草は見受けられませんでした」

カミラさんが尋ねると、アーベルはきはきと答えた。

「踏破祭《デイヒブライナヘン》は楽しんでいるように見えたか？」

「はい。ですが弾けるような笑顔、とはいかなかったです。もともとそんなに、その、爽やかに笑う人ではないと思いますし」

「そうか。【竜の翼《ドラハンフルーグ》】の騒ぎについてはどうだ？　どこまで気にしている素振りがある？」

「……正直、わかりません。ただ、ラウラさんに対して間接的とはいえ加害者になってしまったという意識があるのは確かみたいです。あまり目を合わせていないないように見えました」

「やはり、そこか」

カミラさんは背もたれに少し背を倒して、続けた。

「意味はわからないでもない、が……どうにも、責任感が強すぎるな。ラウラくん本人が恨みごとを言ってきたわけでもあるまいに」

彼女は自分で言ったことの無意味さを自嘲した。

額面通りの理屈や正論での弁護は無意味だ。

あいつは多分、そういうのを一蹴してしまう。

カミラさんもそれはなんとなくわかっている。だから当初の方針としても回りくどい策を取って、ヴィムに時間を与えようとした。少なくとも現状維持に努めて、時間が解決することを経てから、いずれは話し合いに持ち込もうとしていた。

それ自体は大きくは間違っていないのだ。

だが、事件は起きてしまった。

もはやヴィムと距離を詰めることは叶わない。だからといって好きに距離を置かせてしまえば離れてしまうのも目に見えている。

「……ここから先は、幼馴染の話を聞きたいものだがな」

カミラさんは私の方を向いて、続けた。

「ハイデマリー、君に思惑があるのはわかっている。しかし彼を追い詰めないという点においてそこまで我々と意見が食い違うこともなかろう。どうにか協力してはくれないか」

　私は頷いて応える。

　そもそも、ヴィムを【夜蜻蛉《ナキリベラ》】に連れてきたのは私だ。本来は私が率先してヴィムの世話をするべきで、何かが起きたのなら対処するのも私であるべきだろう。

　賢者という肩書で遠慮されていたのか、それとも浮いていて話しかけづらかったのか、いずれにせよ、ずいぶんと好き放題にさせてもらっていた。

　いい加減、私も観念すべきときが来たようだ。

「カミラさんは――、アーベルもですが、ヴィム＝シュトラウスという人間について、少し誤解をしています」

　私がそう言うと、カミラさんは眉間に皺を寄せた。

「続けてくれ」

「ヴィムは正義感で動いたりしないんです。もっと消極的な方向です。あいつの動機は基本的に、迷惑をかけたくない、責任を負いたくないとか、そんなものです。第九十八階層で命を賭して戦った最初の動機も、自分にできることをやり尽くさない罪悪感から逃げたかっただけかと」

　カミラさんはアーベルと一度目を合わせて訝しんでから、問うてくる。

「そういうことに命を懸けられるものなのか？　逃避が動機になると言えば、わからんでもないが」

「強い言葉を使えば、拒絶にも近いんだと思います。自分の領域に敏感なので、わずかにでも自分に責任がありそうな事柄はすべて目についてしまうとか、そんなところです」

「いや、それは言い換えてしまえば」

「はい。関わるんじゃねぇ、みたいな形にもなります」

私があんまりにもはっきり言い切ったので、カミラさんは少し面食らったようだった。

「排他的には見えなかったぞ。極端な話、そこまでの思想の持ち主なら日常生活もままならないと思うが」

彼女は困惑した顔で、また問う。

「もちろん、あくまで一面です。人並みに誰かと仲良くしたいとか、そういうことへの憧れもちゃんとあります」

「……扱いが、難しいな」

「そうです。クソ面倒くさいやつなんです」

思わず零れたであろう言葉に同意した。

カミラさんは多少なりとも納得しているのか、それとも当惑しているのか判別し難い顔で思案していた。さすがに【夜蜻蛉《ナキリベラ》】の人たちとは人種が違いすぎて、単純な理解は難しいのかもしれない。

彼女は何を言うか迷っているのか、重々しく口を開いた。

「曲がりなりにも、我々は絆を紡いだと思ったのだがな。ヴィム少年にも満たされていた部分はあるだろう。それは勘違いか？」

「勘違いではないと思います。それもあいつが積極的に望んだことの一つです」

「彼は我々をある程度大切に思い、尊重してくれているように見えたが」

「それもその通りです」

「なら、これからも適切な距離感を保ち、彼に合った接し方を一緒に模索していく、という方法で正しいと思うか？　当たり障りのない結論だが」

カミラさんは極めて妥当なことを言った。

やはり彼女はいつも正しい。

この話の行き着くべきところはそこで、本来はそこから大きく外れることはないはずなのだ。

普通に考えれば、だが。

「……ここが違うとなると、どうすればいいかわからんぞ」

私がすぐに同意をしなかったので、カミラさんはいよいよ困惑した。

「違うというか、無駄なんです。無意味になってしまうと言っていいかもしれません」

「無駄？」

言葉を続けるように促される。

さすがの私も躊躇った。

それでも、もう隠す意味もないことだったから、言うことにした。

「脳への強化《バフ》、ヴィムが『傀儡師《ベブンシュピーラー》』と呼んでいるものですが――」

これは誰にも、ヴィム本人にも言ったことがないことだ。

「――あれには副作用があると思われます」

私が突飛なことを言ったので、カミラさんとアーベルは押し黙った。

「『傀儡師《ペプンシユピーラー》』は脳を酷使します。ヴィム本人は失敗すれば損害が出る、という程度の認識に留めていましたが、そうでなくても繊細な器官を無理やり動かすわけですから、深く考えずとも何かしらの副作用は見込むべきでしょう」

ヴィムの様子がおかしいということ自体には、かなり前から気付いていた。

「現在私にわかっているのは、記憶の喪失と味覚の変化、及び鈍化です。性格もやや変容しているかもしれません」

最初は新しい環境に慣れないゆえ、あるいは単に昔のことを忘れているだけ、もしくは成長ゆえの体の変化だと思っていた。

だけどそれでは説明しきれないくらい、ヴィムの記憶はところどころ欠落していた。

「おそらくかなりの記憶を喪失しています。長らく思い出していないことや忘れたいこと、その多くはきっと深層心理で重要だと思っていないことから順に忘れていっていると思われます」

ヴィムの自室には、【夜蜻蛉《ナキリベラ》】全員の顔のスケッチと名前が書かれているノートがあった。

あんなの異常だ。

あまり関わりのない人の顔と名前が書かれているならまだ理解できるが、カミラさんやアーベルを含めた全団員の分を書く必要なんてどこにある。

「戦闘と関係が薄い感覚も鈍くなっているか変容しているみたいです。今見られるのは味覚や痛覚の鈍化で、もともとヴィムはかなり好き嫌いが多かったんですが、ここ最近は急に味の濃いものや刺激物を食べられるようになっています。味わっている素振りも見られないので、検査でもすれば結果は出ると思います」


カミラさんとアーベルは静かに私の話を聞いていた。

二人はまだ私の話を受け止めている段階のようだった。

唐突、だったと思う。

でも、ヴィムの性質は二人みたいな人には理解し難いはずで、異常が結びついたのならまだわかってもらいやすいかもしれない。副作用さえなければ我々と一緒、と思われるのも違うけど。

「ハイデマリー、それは確かなのか?」

カミラさんが問うてくる。

「はい。思い返せば最初に『傀儡師《ペプンシュピーラー》』を使ったらしい大鰐の撃破の直後からその兆候がありました。物証として、団員全員の顔と名前、会話が事細かに記されたノートを確認しています。第九十九階層から戻ってきたあの日以降は、そのノートの存在も忘れてしまったみたいですが」

たとえば一般的な寓話やおとぎ話のような、誰もが知っているか思い出す機会が少ないような類のことを、ヴィムはほとんど覚えていなかった。

あんなに、本を読む子供だったのに。

「ヴィム少年は我々のことをもうほとんど覚えていない、記憶していないと? だから絆で引き留めようとしても無駄だと？」

「はい。覚えていたとして、強く残っているのは悪い記憶の方だと思います」

人間というものは悪い記憶の方を鮮明に記憶する、という話がある。

そしてそれとは別に、ヴィムにとってあの【夜蜻蛉《ナキリベラ》】の明るさは、どこか遠くて他人事のように映っていた、という疑いもあった。となれば記憶が残っていたとしても、【夜蜻蛉《ナキリベラ》】に対して恋しい気持ちが芽生えているとは考えにくい。

息苦しかった思い出の反面得られた楽しさが忘却され、その息苦しかった思い出のみが凝縮されたとなれば、この屋敷にいたいと思うわけもない。

「本人は自覚しているのか？」

「おそらく自覚まではしていないと思います。自分に何かしらの異常がある、ということはぼんやりと感じている節はありますが」

この副作用の自覚はきっと難しいだろう。

そもそも忘れてしまう出来事は本人にとって重要度が低い。

対して本人が深層心理で覚えていなければならないと意識しているもの、必要なものは残るわけだから、根本的に問題を感じにくい。

もちろん、その深層心理と私たちの望みが一致してくれることはないだろう。

もしかすると本人の望みすら置き去りにするかもしれない。

「だからねアーベル、言いにくいけど、ヴィムは君のことを覚えていないよ」

私がそう言っても、アーベルは何も答えなかった。

思案しているようだった。歯を食いしばっているようにも見える。しかし即座に否定はしない。

きっと、心当たりがあるのだ。

おそらくはあの長耳族《エルフ》の手合いと戦った喫茶店でのこと。ヴィムはアーベルに対してほとんど初対面の人間のような態度をとっていた。

執務室の明かりがジジッと震えたのが聞こえる。

私も含めて、この場の全員にしばらくの沈黙が必要だった。

若干胸がすいていることに後ろめたさがある。抱えていたことを話してしまった。

良い機会では、あったのかもしれない。いずれ判明していたことだから。

「……ヴィム少年はそんな状態で迷宮《ラビリンス》の呼び声を聞いていたのか」

カミラさんが呟いた。

「ハイデマリーさん、なぜ止めなかったんですか。推測でもいい、もっと早く言ってくれれば俺たちだって」

アーベルが私を責める。当然のことだ。

私だって、自分の行動に確信は持てていない。

「やめろ、アーベル」

カミラさんがそれを止める。

「ですがっ」

「彼女の顔を見ろ」

　意図なんてはっきり言えるものじゃない。無責任かな。

「いいじゃん、アーベル。ヴィムにとってはどうでもいいことなんだ。無理に覚えてもらわなくても」

　忘れてほしいことだって、あるかもしれないじゃないか。

　アーベルは私の方を向き、言葉を失って黙った。けれどそのまま翻って背を向けて、扉の方に踏み出した。

「俺は言いますよ。そういうのは本人が知らなきゃいけないことです」

「待て」

　カミラさんは、それも止めた。

「団長！　でも、早くしないと――」

「落ち着け。待つんだ。ハイデマリーが今になってこれを言ったということは、つまり、もう手遅れなんだ」

　やはり、カミラさんは察しが良くて助かる。

　ヴィムはきっと、もう迷宮《ラビリンス》にいるだろう。

「どういうつもりなんだ、ハイデマリー。聞かせてくれ」

　カミラさんが改めて聞いてくる。

　聞かれるよなぁ、やっぱり。

「迷惑、でしたかね。あんなやつを連れてきて」

冗談めかして答えてみた。

「まさか。一度命を拾ってもらって文句は言わんよ。賢者の一手と言っていい。振り回してくれたのは、恨めしいがな」

カミラさんは諦めたように微笑んで、優しく返してくれた。

つくづく、この【夜蜻蛉《ナキリベラ》】は懐の深い良いパーティーだと思った。何か少しでも違ったのなら、私たちはここで長く一緒に冒険をしていただろう。

【夜蜻蛉《リキリベラ》】でダメだったのなら、納得できる。私も、きっと、ヴィムも。足掻いた末に辿り着いた結末だから、悪いものではないって信じられる。

「記憶のことを言ってしまえば、きっとヴィムは戦うことをやめるでしょう」

だってさ、君はあんなに楽しそうだったじゃないか。

窓の外、迷宮《ラビリンス》の方を見る。

ヴィムはもうどこまで行っただろう。

急ぐ必要はないよね。好きに飛び回って、目についたものと戦えばいい。動きたいように動けばいい。

「それは、嫌なんです」

行け、ヴィム。どんな形だって、行きたい場所ができたんだろ。逃げたい場所を見つけたんだろ。

逃げたいのなら逃げちまえ。
捨てていいものなら捨てちまえ。
もう誰も君に追いつけないさ。
君はようやく、好きに生きることができるんだ。

第十話　傀儡遊び

迷宮《ラビリンス》を駆けている。

そしてときどき、何とはなしに立ち止まる。

いつもまばらに見える冒険者が見当たらない。みんなが踏破祭《デイヒブライナヘン》で街にいる。

前に来たときと同じ道だけど、また一つ景色が違う。

雑多な感じがしない。空気が自然なまま、流れるところは流れて溜まるところは溜まっている。

そこを踏みにじって見出し、足跡をつけていく。

ここは、えっと、第十五階層だ。

洞窟然としている階層である。薄い青色の土っぽい壁肌で、遥か頭上に天井がある。結構高い。

薄暗くてちょうどいい閉塞感だ。

「ほっ」

ジャンプなんかしてみる。

すごく高く跳んだ。

おお、無意識でちゃんとコードを組んであった。

強化《バフ》を継ぎ目なく、自然にかけ続けることができるようになっているらしい。考えていてもまだ着地しない。

体が軽い。軽すぎて何かがおかしいんじゃないかと思うくらい。まるで手足を切って身軽になってしまったかのような。

「……ヒヒッ」

思わず笑ってしまう。

でも、抑えなくていいと気付いた。

クスクスと変な笑いが漏れる。伸びをしてまた背を丸める。

「フヒヒ……、ヒヒヒヒヒッ」

絶対にこんな顔、他人には見せられない。

でも、大丈夫。

誰も見ていない。ここには誰もいないから。

「[illegible]《元気そうだね》」

「……まあ、これは別としてね？」

突然、右足を大きく蹴り出してみる。

股を大きく広げて、左足で着地し、そのまま蹴り出して、また大きく脚を広げる。そうやって跳んで跳んでを繰り返す。

体がさらに軽くなっていく。何かはわからないけれど、何かを捨てて身軽になっている。

ぐんぐん景色が変わる。普通に走るよりずっとずっと速い。

この走り方だと方向転換が難しい。知っている道で、他に冒険者がいない今みたいな状況じゃないと危ないと思う。

まるで、誰も見ていないところで悪いことをしている気分だ。

横にも跳んだり跳ねたりしてみる。右の壁を蹴ったら左の壁を蹴って――

――左足が微妙に壁に届かなかった。考えなしにやりすぎて見誤った。あっけなく下に落ちてこける。

「ぐへっ」

ゴロゴロと転がって受け身を取る。

痛い。

口の中に入った砂をペッと出す。

でも、不快な味はしなかった。痛みもそんなに嫌じゃない。

「……なんか、楽しいかも」

ごろんと両手両足を広げて寝っ転がる。

「うおーーーー！」

天井に向かって声を出してみる。通路のむこう側に向かって反響している。

初めてこんな大声を出してみたけれど、意外とどこに力を入れたらいいのかわからないものだった。大声を出すことには練習が必要なんだと痛感する。

「あーーーー！　あーーーゲホッ」

案の定、むせた。

笑いながら立ち上がって、今度は見誤らないように、また跳ぶ。

壁と地面を蹴って、天井も蹴ってみれば案外できた。また景色が進んでいく。上下左右の動きが入る。慣性の力が体を引っ張って、浮遊感が肌をぞっと撫でる。

気持ちが良い。

この解放感を叫びたい。こういうときはなんて言う？

「や、やっほー!?　おおおおおおお！」

なんかそれっぽいかも？

でも違うか。馬に乗っている人が叫んでいるような感じがいい。

「ヒャ、ヒャッハーーー！」

これだ。喉に合ってはいないけれど状況には合っている。心地良い、かも。

転送陣が見えた。減速しつつ歩幅を調整して、せーので踏む。

景色が切り替わる。

今度は切り立った岩に囲まれた通路だ。

第二十七階層で相違ない。整備された牢獄のような壁肌に変わり、また進むべき道、加速できる距離が増える。

さっきと同じように、地面と壁と天井を無造作に蹴って立体的に進んでいく。

焦る必要はない状況で無目的に加速している。

それがこんなに、怖くて楽しい。

「来たよ！　全部！　自分の意思で！」

逃げる覚悟を決めていた。真正面から逃避してやると。

もう一人の自分が俺を見つめている。我に返れと諭している。

俺はそれから目を逸らさない。公然と逃げると宣言している。もう一人の俺は呆れかえっているけれど、その顔を見るのが痛快だ。

背中に引力を感じることも、否定しない。背中のむこう側に何かある。そしてそれに、今ならまだ手を伸ばせる。

だけど伸ばしてなんてやるもんか。

伸ばさなきゃいけないかもしれないけど、知るか。

どんどん速くなっていく。それは遠ざかっていく。追いかけてはくるけれど俺の方が速い。寂しさと一緒に、全部置き去りにしていく。


第九十九階層に到着した。

転送陣を踏むなり急に温度が変わって、空気に晒されて冷えた肌がじんわりと温まる。装備の金属部分に水滴がついた。

脳が気候の変化を歓迎する。もうほとんど条件反射みたいなものだろう。

冷静な頭で来てみれば、密林《ジャングル》の中で一人というのは殊更に孤独感が強まる。でもそれは一種の刺激としてちょうどいいというか、安心する孤独感だ。

俺はここに戦いに来た。一人で。

相手はもちろん、この階層の階層主《ボス》、角猿。

「続きをしに、来た！」

密林《ジャングル》に向かって呼びかけた。空気の震えは広葉樹の丸い葉に吸収される。

この声が届いているだろうか。

大丈夫だ。俺たちは示し合わせたように刃を重ねてきた。すぐに来る。そして俺を楽しませてくれる。想像よりもずっとずっとヒリヒリする戦いを演出してくれる。俺を追い込んでくれる。殺しに来てくれる。

そうじゃないと、割に合わない。

おっと、俺の方にも相応の態度があるはずだ、準備くらいはしておかないと。

「移行：『傀儡《ペブンシュ》――」

象徴詠唱をしようとして、気付く。

まただ。また、〝もう発動していた〟。

慣れてしまっただけで景色はとうにゆっくりだった。両手両足は完全に俺の支配下にあって動いてくれていた。

あれ、いつからだ？

思い返してみればさっきまでの動きって、うん、さすがに発動していたか。

もしかしてクロノスと戦ったときにはもう？

それよりもっと前？

途中で切ったりも、したのだろうか。

象徴詠唱をどこかでやったのかな。それとも本詠唱の暗記が無詠唱の発動に繋がったのか。

いやいや、そんなことは特に問題じゃない。

大事なのは、これからどこまで上げられるかだ。

今、何倍だろうか。

一・〇〇〇〇一倍よりは大分高い。

でもまだ上がるはず。前の戦いのときにはもっと高いところにいた。

もう失うものなんてないんだ。コップからちょっと零すくらいなんて考えるな。大胆に蛇口をひねってしまえ。

詠唱は不要だった。心内で唱えるような、頭の中で図形を描くような、そんな感覚で不用意に倍率を上げた。

「がっ……はっ……」

すぐさま一気に処理が増える。視界が逆流する。走馬灯のように記憶が反転し続ける。

「……ふう」

大きく息を吐いた。

まずはこの辺で、温め始めよう。

少し前から、俺を見守ってくれている気配に気付いていていた。

「やあ」

肌を刺す、階層主《ボス》特有の圧倒的な迫力。

角猿は頃良く木々の隙間から姿を見せた。

前と変わらず形態変化を保ったまま、禍々しい角と白い肌が木々の間で目立っている。剣よりも鋭い鉤爪が、死神の鎌のようにだらんと脱力して垂れ下がっていた。

相対する。

角猿の佇まいは静かだった。冷めてはいない。これから上がっていく予感を前に、熱い闘争心を暴走させることなく滾らせていた。

俺の方も似たような感じだ。でも不安がある。

前はもっと自然に、未知の力を無我夢中で試していた。効率は悪いがそれゆえに温まるだとかそんなことを考えずに済んでいた。

だけど今からしばらくは目的がある。

それは前と同じ場所まで上がること。中断のせいで辿り着けなかった領域の手前まで、体と頭を温めること。

もう一度、あの段階まで研ぎ澄まさねばならない。

ふうー、と腹の底から息を吐く。

ゆっくりとなった景色が意味深に揺らいでいる。頭の裏でいろんな記憶が溢れ、流れ出している。

【竜の翼《ドラハンフルーグ》】のこと、【夜蜻蛉《ナキリベラ》】のこと、そしてもっと過去のこと。あるいは踏破祭《デイヒブライナヘン》のこと、それからあの亜人種《アウスレンダー》の少女――

――えっと、うん、ラウラのこと。そうだ、闇地図のことだ。

嫌な記憶だ。いや、良い記憶もある？　浮かんで流れていくのは光景とそれに伴った感情なのに、あまり連なった言葉が浮かばない。あくまで断片的らしい。

一通り流れたらすっきりする時間がある。そうなれば頭はまた一段と回り始める。停滞することなく、戦いながらこれを続けていかねばならない。

「じゃあ、やろっか」

声をかけると、流れるように打ち合いが始まった。

ちょっと拓けている場所だ。遮蔽物も不規則な足場もないから、互いの得物に集中しやすい。

初撃は角猿からだった。

袈裟の斬撃である。最も回避がし難い正統派の攻撃であり、正の型から始まったその一連の動きは、予備動作の段階から隙がなかった。

まずはこの一撃から組み立てよう、という提案だろう。

右の山刀《マチエット》で、同じく上から下に力を受け流しながら迎え撃ち、弾く。

ギン、と火花が散る。

同方向への運動量を分け合っているのでお互いに右腕を戻すことはできない。すでに意識は左腕及び両脚に移った。ほとんど反射でもう一度打ち合う。その要領を繰り返している。

むこうの攻撃には大量の囮《ブラフ》が混じっている。十発のうち九発にはまったく体重が乗っていない。

この配分が肝だ。

囮《ブラフ》の攻撃といっても防御はしないと四肢くらいは飛ぶので、小手先でも避けるか防ぐかはしないといけない。しかし体重が乗った一撃には体重を乗せて返さないと剣を弾かれてしまう。すべての迎撃に体重を乗せることは不可能なので、どの攻撃が本命か、見分けないと死ぬ。

筋肉の捻じれと組み立ての流れから、集中さえすれば見極めることは可能だ。だけど一定確率の賭けが続いていることは否めない。

つまり、一瞬でも油断すれば死ぬし、油断していなくても死ぬかもしれない。

「……ハハッ」

これだよこれ。心底怖い。それが気持ちいい。

そしてそれは角猿も同じだ。

両手だけで器用に捌き合うのには飽きてきた。前後の動きも加える。跳んだり跳ねたりしながら、半分空中で打ち合う。

戦いに高さの要素が加わる。これもまた塩梅が難しい。高いところに構える方が重力を利用できて有利ではあるが、上を取ろうとするあまり滞空時間が延びれば大きな隙になってしまう。

二つの振り子みたいに打ち合っては下がり、跳んではまた打ち合ってを繰り返す。

幾度目かの跳躍だった。お互いに方向転換は効かないので、足が離れた瞬間にこの攻防の有利不利は判断できた。

今回は俺の方がわずかに上で、そして俺の方がわずかに速い。

激突の瞬間がわかるから、それまでに大きな溜めを作ることができる。全身を三日月のように背屈させて肩甲骨を開ききり、両腕の山刀《マチェット》を腕の根本から思いっきり振りかぶった。

そして、左右両側から十字に叩きつけた。

下から迎え撃つしかなかった角猿は敢えなく後ろへ吹っ飛んだ。

まだだ。全然まだだ。綺麗に受け身をとるべく空中で後転したのが見えた。追撃が必須だ。

着地してすぐさま距離を詰めようとしたところ、突如角猿は退いた。

逃げようとする意図は感じないが、一時退却にしては深く森に入っている。

——場所を変える、ということか。

「いいよ！　乗ってやる！」

密林《ジャングル》の中に飛び込む。

まだまだ打ち合いは続く。拓けた場所に比べて木々が邪魔くさいけれど、足場は多いので発想の余地は広がった。

立体的な機動が前提になって、脳への負荷が一気に増える。

知らない道を移動しながら、視界に入った木々をすべて記憶せねばならない。その上で何通りもの敵の軌道を予測して、俺の側もどう迎え撃つか考え続ける。

頭の中でいろんな汁が分泌されている。頬を鋭利な爪が掠め、巨木の幹と間一髪ですれ違うたびに背筋にじんわりと快感が走る。

「ほら！」

予測を全部合わせた。木陰から現れた角猿は目の前でキッと喉を鳴らしていた。

衝突した。

打ち合って打ち合って、落下が始まるまでに運動量を交換しきる。それから最後の一撃で、互いに大きく弾き合って推進力がちょうど真反対になり、幹に跳んで戻って、また次の衝突への準備をする。

不規則だった昂揚は連続的な様相を呈し始める。次の一瞬への上がり具合が、その次の一瞬への期待感を煽る。

背景と角猿の動きが遊離し始めていた。

周りがゆっくり見えるのとは違う視界だ。俺たちだけが景色を置き去りにしているようで、角猿の動きがうっすらと揺らいでいるように見えた。

これは、なんだろうか。

戦う分には問題ない。相手の側にも変化はない。だから、俺の問題？　『傀儡師《ペプンシユピーラー》』の副作用か？

角猿が突然、高度と速度を下げた。

それからたん、たんと木の幹を蹴って、地面に着地する。

目的地に着いたらしい。俺も間合いに細心の注意を払いつつ着地して、辺りの地形を確かめる。

完全な未開拓地帯だった。

さっきまでの密林《ジャングル》とは様変わりしている。植物の種類がずっとずっと少ない。

木々の幹が極太になる一方でその密度はまばらになり、背が高くなって葉が一枚の薄い天井のように広がっていた。一本一本の木に樹齢と尊厳を感じる。下々の草花には一切の日光を与えないかのようだ。

こういう植物相は密林《ジャングル》というよりは、もっと北の方の原生林のはずだった。そもそも迷宮《ラビリンス》の中で日照がどうとか考えるのは無粋かもしれないけれど。

ここには神秘の気配があった。侵し難く、いるだけで圧倒されて不安になり、超常の存在の予感になんども振り返りたくなるような、そんな気分を煽ってくる。

葉擦れの音すらしない静寂が辺りを包み込んでいた。生命の気配が溢れているのに俺たちしかこの場にいないことが確信できる。

言うなれば、聖域、だろうか。

白みを帯びた木肌が、木暮の中で神様のように佇んでいた。

角猿の姿が妙に風景に合っているような気がした。木肌に既視感があると思えば、角猿の色か。

「ここって、君の庭だったり、するの」

角猿は唇を剥いて歯を剥き出しにして、ガア、と聞いたことのない声を上げた。

同意する。

平地での戦いは単純すぎる。かといって木々を抜けていくのは複雑すぎて出力を上げきれない。

それぞれの戦場に良さはあるけれど、最適とは言い難い。

その点ここはちょうどいい。戦場としての面白さは唯一無二だろう。混じりけのない全力を出せる。

嬉しくなってしまった。

体は完全に温まり、感覚も極まってきている。ここから先は完全に未知の領域になる。

さあ、ここからが本番だ。

全部解放しよう。命なんてもっての外。相応しい使いどきがあるとするなら今だ。

頭の栓を、完全に抜いた。

形容し難い奔流に呑み込まれた。

「あがっ、……゛あっ……」

全身の神経のあらゆる結節点で信号がぶつかり、パチッ、パチッと弾ける。対応する部位が不規則に跳ね、立っていることすらままならなくなった。

表情筋がぐねん、ぐねんと動く。声帯が自由にならない。表現する術を失った痛みと違和感が野放図に膨れ上がって抵抗できない。

記憶が逆流する。必要な情報がどんどん染み込んでいく。

角猿の動き、俺の感触、予測と計画と実行、強化《バフ》のコードの組み合わせ、あらゆる経験値が総ざらいされて結びつく。

対して流れ出るのはなんだ。

断片的な明るい景色が浮かんでいた。

これは、食事をしているのか？　屋敷もある。気分も明るい、かな？　嬉しいこともあった。

その反対も。こっちはかなり大きい。

「ヒヒッ……ヒヒヒヒッ」

喉が勝手に空気を吸い込んで何かわからない音を出す。

本の項《ページ》をめくるみたいに光景が流れ出ていく。それから薄れていく。

全部俺がやっているのか？　それはそうだろう。脳の処理を加速させているんだから、俺がやっているに相違ない。

――ん？　何か、引っかかっている。

なんだろう、これ。何かの一群だな。

何かいろいろ集まって食べたり騒いだりしている。何だこれ？

勝手に処理すればいいのに、許可を求めてきているわけか。これがあるとこの先に行けないと。

大事なものだったみたいだけれど、どうかな。思い切って、捨てちゃうか。

いいから捨てて……

あれれ、ちょっと抵抗がある。

そんなに大事か？　精査するべき？

いいや。そのためにここに来たわけだし。

本の背から全部の項《ページ》がバラバラになって、散った。

「……よし」

落ち着いた。

まだ風船を破裂する寸前で膨らませ続けているような危機感はあるけれど、それでも現状維持は可能だった。

角猿は俺を待ってくれていた。

それとも実は時間があまり経っていなかったのか、まあ野暮なことはしないやつなのだ、きっと。俺だってそうする。

視界に明らかに変化があった。

これが〝次の領域〟。

景色が何重にも重なっている。

不思議な感覚だ。自分の体も何重にもなってブレているように感じる。でも違和感はまったくない。できることが明確にわかっている。

「『瞬間増強《パンプアップ》・千倍がけ《タウザントマール》』」

出力が段違いに上がった。

さすがにここまで来ると、いくら効率が良かろうが短期決戦は必至か。

せっかく用意してくれた戦場だから、まずは利用してみようと思った。

後ろに跳ぶ。

そして、着地？　言うなら着木かな？　木の幹に弾くようにじゃなくて吸い付くように飛びつくと、巨木ながらもしなやかに曲がる感触があった。

これは使える。弓の弦みたいにしならせて、自分自身を矢にして発射する。

俺は突進する前に、角猿に向かって、左手の山刀《マチエット》を投げた。

次の瞬間には両手で残していた方の山刀《マチエット》を握り、下段から突き出しながら突撃していた。右脚は反作用を担うべくすでに伸びきっている。

先に投げた山刀《マチエット》が角猿に着弾すると同時に、衝突。

角猿からしても完全に予想外の動きだったらしい。防御は俺が握っている方の山刀《マチエット》しかできなかった。投げた方は深々と肩に突き刺さっている。

「ガアアアアア！」

角猿は初めて叫んだ。

痛がる素振りはそのまま隙になる。防がれた山刀《マチエット》に込める力はそこそこに、先に刺さっている方の柄を握って、ねじりながら引き抜いた。

追撃しようと思ったが、むこうが取ったのは逃げの一手だった。慌てて俺と距離を取り、大樹を伝って上まで避難している。

上から鮮血が落ちてくる。見上げて叫ぶ。

「おいおい嘘だろ⁉　まだ上がるよねぇ⁉」

角猿の血走った獰猛な目にさらに力が入った。筋肉が瞬時に締まって凹凸が非生物的なまでにはっきりする。

階層主《ボス》特有の異様な気配が、いっそうの存在感を発揮する。

太い部分は太すぎるのに、細い部分は細すぎる。一切の無駄を省いた奇妙で幾何学的な影《シルエット》が地面に落ちた。

角猿は大樹を蹴って視覚的に俺を翻弄し始めた。

前後左右、伝うたびに速くなる。

今までであれば瞬く間に見失い、後ろから首を切り落とされてもわからないくらいの速度だっただろう。

しかし、視界の重なりは奇妙に動いていた。

角猿の姿がいくつもの影になって分裂し、数種類の道筋《コース》で俺に接近していた、と思ったら、それらの影は消えて一つの影に収束して、また分裂してを繰り返している。

慣れれば見やすいかもしれない。案外鮮明で詳細だ。

選ばれたのは俺にとっても最も不可避に近い道筋《コース》だった。それでいてほとんど落下のような体勢で激突するので俺からすれば圧倒的に不利だ。

迎え撃つことにする。力の塊が俺を襲う。質量と加速度からして原理的に防げるわけがないほどの突進だった。

俺が取った手段は、連撃による力の分散である。敵の一薙ぎを俺の二撃で受ける。繰り出される片手ずつの攻撃を、俺は両方とも両手でわずかな時間差で受けきる。

「ハハッ！　ハハハッ！」

無我夢中ではできない。すべて自覚する。腕の振りが刃の交わりも、自分の声をも超える、ここまで速いと切り返すだけで腕がもげてしまうから、瞬間瞬間に強化《バフ》をかけて腕を繋ぎ留める。

音が聞こえ始める頃には、俺は角猿の落下を止めることに成功していた。そして次の行動にさえ移りつつあった。

二本の山刀《マチエット》を上に向かってそれぞれ別方向に、ブーメランのように回転させながら投げた。すぐさま膝を小さく弾みで曲げて、飛び上がる。

後手で有利を取り、今から行うのは徒手空拳。

頭がおかしくなったか？

でも脳は最適解だと言っている。

あとから理解した。間合いの問題だ。位置関係として、地面に立っている俺と、目と鼻の先で空中停止している角猿という形になる。この距離では剣を振っている間に俺が先んじて刺されてしまう。

隙だらけの角猿の腹を下から殴った。それから蹴る。繰り出されてきた爪に当たらないよう、薙ぎが加速する前に掌を掴んで軌道を逸らす。

俺の打撃によって角猿を押す形になり、距離が空いた。すかさず遅れてやってきた山刀《マチエット》が角猿の背を斬りつけて通過する。またくぐもった声が上がる。

「おい！　このままじゃ、死ぬぞ⁉」

両腕を掲げればそこには柄があった。予定通りだ。がっちり掴む。

空中で獰猛な目と見つめ合う。やつは今、俺よりもずっと死の淵に近いところにいる。

――どう？　楽しい？　でもこのままだと終わっちゃうよ？

角猿が落下するまでのわずかな時間で連撃が開始される。

もはや俺たちにとってはわずかですらない。角猿は俺に追いつくべくまた一つ段階を上げた。

こっちが上げたらそっちも上げる。常識だ。

速度は青天井にどんどん上がる。

「……ヒヒッ！」

狂喜している。

上がった先でもまだ足りないと渇望し、満足してなおまた飢える。

刹那と思っていた瞬間が膨張していく。お楽しみの時間が引き延ばされていく。同時に命の危険は途方もなく増していく。

余分なものがまだあった。情報の霞が体の滑らかさを邪魔している。

振り払う。

剣戟に徒手空拳が加わった。角猿もなんとかそれについてきた。処理する情報が増えてこれまた楽しくなる。

また余分なものが見つかる。振り払う。

打ち合ううちに、景色の重なりが意味するところを言語化できるようになっていた。

これは可能性だ。あらゆる動きの予測が無意識で全部計算されて視覚化されている。それが分裂と収束を繰り返して俺に結論を教えてくれる。

ああもう、邪魔なものがまた出てきた。

こんなもの、全部忘れてしまって構わないのに。

まとめて全部、振り払う。一々俺に許可を求めるな。不必要なんだから全部要らない。

全部、捨てたんだ。

視界が澄み切っている。快適そのものだ。

まだだ、まだ上がる。

一つ天井を抜けてみれば、そこにはまだまだ上がり得る大空があった。

行ける。行けるよ、これなら。

もっと高い場所へ行ける。まだまだ危険になれる。もっと死の淵で踊れるんだ。こんな甘いものじゃない。

一緒に行ってくれるよね。大丈夫、だって君は人間じゃない。角猿《きみ》となら……

「……は？」

着地して目を向けたその先。

角猿はその場に、膝をついていた。

すぐに立ち上がってこちらを向いてきたけれど、動きに精細を欠いていることは明白だった。

「ガアッ！」

一見、依然戦う意志はあるように見えた。

だけどあまりにわざとらしい。

歯を剥き出しにして肩幅を広げて威嚇している。そうしながら徐々に佇まいをさっきのように迫力のある感じに直そうとしている。

どう考えても逃げる算段を立てていた。

嘘だろ、と心内で呟いた。

「おい、ふざけんなよ、お前」

そんな浅ましい真似が通じるとでも思ったのか？

違うだろ。

期待してたのに。信じてたのに。

君とならどこまでも行けると思ってたのに。現にうまくいってたんだ。互いに高め合って、足掛かりにし合って、どんどん高い場所に昇っていったじゃないか。なのに。

俺を死なせてくれるはずだったのに。

「こっちは全部捨ててんだよ！　どうしてくれんだよ！」

だけど重なる視界が、無意識で重ねた計算が、俺の期待よりも角猿の危機感の方が正しいと言ってしまっていた。

勝利を確信していた。

さっきの攻防が終わった瞬間に勝敗は決していたのだ。

まだしばらくは戦えたとしても、結局どの道筋《ルート》を辿ろうとも絶対に俺は勝てる。負ける要素が見当たらない。脳はすべて見切っている。

そうであっても情けない。角猿は俺の剣幕に尻込みしていた。

たかが人間の付与術師、命を懸けなきゃ戦えない、この俺程度の存在に。

「ビビってんじゃゃねえよ！」

どうしてくれよう。

これから挽回する方法を考える。

もう一度高め合うあの時間を取り戻せないか模索する。

もっともっと頭を回す。脳の中で火花が散る。

なぜこいつは諦める？

人間じゃないだろう。俺より遥かに重くて速くて強いはずだろう。

加速された脳はあらゆる可能性を検討し、野放図に膨らんだ処理を瞬時に終了させる。

——ダメだ。それでも俺は負けられない。危機にも陥らない。

その結論に確信がある。不思議な感覚だった。導き出された答えは定まっているのに、過程が明確じゃない。

肝になる数点の要素だけが確定していて、それ以外は雲みたいに分散している。無意識で行う処理は逐次的じゃないってことか？　もしかして脳って、俺が想像するのとは別の体系で処理をしている？

論理的思考じゃない。閃きの連続。

何か、何かないかと提示された選択肢を検討し続けた先に、その中に一つ、特異な道筋《ルート》があるのがわかった。

俺の望む打開策じゃない。だけど目立っていた。

これは、この戦闘の最適解か？

無意識とはいえ自分が考えたことなのに戸惑う。他の道筋《ルート》とはまったく違う。発想の転換が為されている。

この道筋《ルート》で検討されていたのは、付与術の対象範囲の拡大だった。

他者に強化《バフ》をかけることは難しい。

なぜなら他者の意識の領域に踏み込むには障害が多く、莫大な魔力を消費するからである。むこうから能動的に魔術を受け入れている状態でようやく現実的に運用可能な付与術を行使できるわけだ。そのため他者に強化《バフ》をかける際には承認宣言が必須になる。

ただし、それはあくまで言葉で対象と術師を明言していればより強化《バフ》がかかりやすくなるということであって、必ずしも定型句で宣言を行わねばならないわけではない。効力は変わるが、態度や心情のみでもそれを承認宣言と〝みなせる〟場合だって多々ある。

すべては地続きだ。それがないと障害が多く、莫大な魔力を消費するというだけで、承認宣言が付与術を零と一に分けているわけではない。

裏を返せば、強化《バフ》は効力さえ考慮しなければ誰にでもかけられるということになる。

そうか、そういうことか。

一歩、角猿の方へ踏み出した。

「君と俺は、通じ合っていたと思うんだ」

よく戦った。茶番のような剣戟に付き合ってくれたし、こちらもむこうの嗜好に付き合った。言葉を交わしていたに等しいだろう。それよりも強く心と心を通わせていたかもしれない。

当然それは好敵手《ライバル》のように。互いに焦がれるさまは、自分で言うのも気持ちが良いものではないが、恋人のようだったかもしれない。

角猿は何かを察する。忍び寄る危機に逃走か反撃かの二択を迫られる。

選んだのはあまりに杜撰な反撃だった。

「なあ、それは――」


――承認宣言、なんじゃないのか?


感覚が極まってきている。無意識に積み上げた閃きが結果だけを意識に返す。脳が示した勝利への最短経路の通りに、俺は象徴詠唱を口にした。

「『停滞《ハルツ》』」

脳を強化していなければできない芸当である。互いの意識の架け橋を侵入口に、単位時間あたり何百もの象徴詠唱を叩き込む。

飛びかかってくるはずだった角猿は空中で完全に停止し、地面に這いつくばった。

逆強化《デバフ》が完全に発動していた。

「……ヒヒッ」

思わず喉がくぐもって震えた。

これこそが付与術の真髄、脳を強化し圧倒的な処理速度を得てようやく辿り着ける領域か。

わずかな攻撃のやり取りを意思をもった応答だと無理やり解釈し、逆強化《デバフ》を強制的に押し付ける。

こんなもの、強力無比に他ならない。

たった数撃を交わすだけで相手を地面に這いつくばらせることができる？　なんだそれ。

世界の均衡《バランス》ってやつかな。付与術師の素があまりに弱いのは、ここまで辿り着いたときの強さが尋常じゃないから、とか？

この世の真意なんてわかるわけないか。事実は事実だ。そういうものとしか。

完全に勝負はついた。あとは角猿がこと切れるまで、この手に握った山刀《マチエット》を振り下ろし続ければ終わる。

肩透かしにも程がある結末だった。体得した逆強化《デバフ》という奥義は、俺の望みと対極にあった。

この先で強敵を求めようにも、この奥義ではどうあがいても楽しいことにはならない。

絶望する。

だってこれは高め合う技じゃない。相手の頭を地面に押し付けるだけの技だ。

森の聖域に虚しい俺が一人だけ立っている。

地位も名誉も責任もすべて捨てて、いろんな人を裏切ってきたはずなのに、何も得られなかった。わずかな願いすら達成されなかった。

——いや、まだだ。

このまま終わらせたって、何も面白くない。

まだ検討していない可能性があるかもしれない。

さっきと同じように頭を回す。敢えて目的を勝利に設定しない。計算するのは俺側の可能性だ。

半ば夢想に近いくらいの緩やかさで、俺の心、技、体を検討する。

うん、やっぱり。

まだ形がはっきりしないけれど、大きな可能性を残している。それは俺が望む形にかなり近い。

発想の種は得た。ここから先は不確定すぎるから、さすがに実際に試していくしかないか。

俺が今気付いたのは付与術の真髄であって、俺の、ひいては『傀儡師《ペプンシユピーラー》』の真髄ではないのだ。

この先にはまだ、もう一つの領域がある。

「立て」

俺は敢えて、角猿の逆強化《デバフ》を解いた。

角猿は立ち上がって俺に飛び掛かってきた。

「待ってよ」

無論勢いがついているはずもない。頭を叩き落として止めた。

「ええと、『解析《エナルーズ》』、『構築《バウン》』……」

痛がっている間に角猿の体を解析にかける。

これなら逆強化《デバフ》を先に解くんじゃなかったな。まあ誤差か。関節の微小変位から視点、力点、作用点を特定していく。並行してコードの作成も行う。この極まっている状態は並行作業に強いらしい。

「よし、付与済み《エンチャンテッド》。来ていいよ」

俺が一歩後ろに下がって許可を出すと、角猿は戸惑いながら立ち上がり、辺りを見回した。

状況が呑み込めていないみたいだ。自分の体の変化に戸惑っている。でもさすがと言うべきか、いくつか数えるうちに自分が強くなっていることに気付いたようだ。

角猿はにやりと笑った。

剣戟が再開される。応戦する。さっきよりも速い。

獣の目に爛々とした光が戻りつつあった。

俺もちょっと嬉しい。頬を掠める爪に少しだけ、危機を感じる。

爽快爽快。まだしばらくは楽しめそう。

でも、まだ、足りない。これじゃない。これでは上にいけない。単に強化《バフ》をかけるだけでは俺には追いつけない。

「『停滞《ハルツ》』」

また止める。角猿は受け身を取る暇もなくこける。

やはり角猿は自分の体を操りきれていないようだ。

筋は悪くないががむしゃらに攻撃している感が否めない。俺が脳を強化しているからこそできる芸当は、素のモンスターには不可能なんだ。

どうしたものかと思案する。課題は大分わかってきたので、また脳に問を投げる。数秒も待てば答えは返ってきた。

なるほど、そうすれば良いのか。

再びコードを作成し直す。大事なのは細やかさと発想の転換である。強化《バフ》か逆強化《デバフ》かじゃない。薬と毒が本質的に同じなように、両者も行為としては等しい、目的のためなら分ける意味はまったくない。

「付与済み《エンチャンテッド》。動いて」

かける強化《バフ》を切り替える。

角猿は性懲りもなくまた俺に飛び掛かる。

だけどそれはうまくいかなかった。

「ガッ！　アガッ！」

関節はそうは動かないように、摩擦を調整してあるのだ。下手に動こうとしたせいで無理な動きになって強い痛みが走ったらしい。

「違うんだよ。その、そうじゃない。無駄が多い。……もっといろいろ試してみて」

感触から強化《バフ》の内容はある程度わかるはずだ。

これは誘導である。僭越ながら俺による動きの指南でもある。この通りに動けばこいつはもっと強くなれる。

でも、角猿は動かなかった。

「あれ？」

どうしてだ？

ああ、恐怖があるのか。自分から動いて痛みが走ったばかりだから、動くこと自体が制限されているように感じているのか。

素手で顔を殴って吹っ飛ばした。

「寝るな。立て」

枕元に立って言う。

しかし、それでも角猿は動かない。

よく見れば震えている。ちょっと強引にやりすぎてしまったか。

どうしたものだろう、これでは話が前に進まない。

一つ、思い出したことがあった。

そういえば、俺が主導で無理やり動かすことも、できるんだっけ。

そうだ、まずは強化《バフ》の動きに慣れてもらおう。最初は極々簡単で誰でもできるような、体が勝手に立ち上がる術式にして。

「『汝の脚に宿る《ブライン・デンイン・ベイン》』」

俺が唱えると、角猿は不自然に体をくねらせて、立ち上がった。

「よし、動け」

角猿の目を見て言う。

「動けよ」

それ以上の抵抗はなかった。

ゆっくりと、俺の誘導通りに角猿は前腕を振り下ろしてくれた。

うん、下半身もうまく連動している。

子供に剣術を教えるくらいのゆっくりさで、振り下ろされた爪に山刀《マチエット》を合わせる。それからまだゆっくりと、もう片方の山刀《マチエット》も角猿に近づける。角猿はかけられた強化《バフ》をゆっくり確認しながら、今度は左腕の爪でそれを防御する。

この要領を繰り返す。形にはなっている。

反応も加速させる、俺の強化《バフ》を受け取った瞬間に理解できるくらい、それ以外の動きは認めない。そうとしか動かせない、という状況を作り出す。

おいおい、そんなに怖い顔するなって。自分で自由に動かすよりは遥かに強いんだから。

少しずつ、少しずつ速度が上がっていく。

まだ鼻っ面を折って強化《バフ》を受け入れてもらっている段階だ。本番はこの次、俺が選んだ筋繊維を伸縮させる。

角猿の前腕が、本人からすると不意に膨らんだ。そして俺が選んだ通りに、爪が前屈してヒュウ、という高い音を立てた。

完璧な素振りだった。

すべての動物の動きは筋肉に依る。他の動きを禁止し、目的の筋肉だけを動かせば、俺は完全に角猿を操れる。

あれ？　〝操る〟、か。

その単語が浮かんで、点と点が繋がった。

『傀儡師《ペプンシュピーラー》』はあくまで象徴詠唱の発音だ。

行為としては、複雑に絡んだ本詠唱にタグを付けて、そのタグに刻んだ文字を読んでいるに過ぎない。この文字は理論上はただの名称なのでなんでもいいことになっていて、多くの場合は普段発音しない古代語からそれっぽい単語を選ぶけれど、深い意味はない。

だけどときどき、象徴詠唱には本質的に意味のある単語が並ぶことがある。

自分で本詠唱を組んで初めてわかることだ。組み終わったのち、不思議なことにその魔術に自然に合致するような単語が浮かんできたりする。

ようやく理解した。これが真髄か。

だけどそれを実行するにはまだまだ足りない。俺含めて二人分の全身の処理を一つの脳でやりきらないといけない。

脳をもっと回す。このくらいなら暗転《ブラックアウト》しない自信がある。慣れた？　それとも頭が作り替わっている？　もしくは不純物が消えて抵抗がなくなった？

きっと全部だ。確信があるなら大丈夫。

嘔吐する。消化器官にあるものすべてを吐き出す。ちょっと血も混じっている。

限界が近いか。視界は重なるどころじゃなくて端がピカピカと光り始めている。でも体はまだまだピンピン動く。

もっとだ。もっと速く。

これで、掌握した。

「始めようか」

俺は角猿に突進した。角猿は俺に突進させた。

すれ違いざま、段違いに鋭い薙ぎ払いが飛んでくる。迎え撃つべく差し出した山刀《マチェット》は敢えなく飛ばされる。

想像以上だ。動きを知っていなければ山刀《マチェット》ごと腕が飛んでいた。

残った一本の山刀《マチェット》を両手で握り直す。

懐かしい構えだった。手数は少なくなるがこちらにはこちらの利点がある。

視界の重なりは俺と角猿の両方の動きを示していた。

辿り着ける道筋《ルート》はより詳細に、もっと深くまで計算されている。もちろん選ぶのは一番難易度が高くて危険でヒリヒリする、最高の道筋《ルート》。

俺はまっすぐ振り下ろす。

角猿には迎え撃つのではなく間一髪で胴体をくねらせ避けさせる。

両腕の爪が下と右から繰り出されて、俺は右側を山刀《マチェット》の腹で、下側を両足の靴底で受けて後退する。

それも、追撃させる。

形勢は圧倒的に角猿だ。

後退している俺はただただ不利なので、反撃《カウンター》にすべてを懸ける。

俺の動きを角猿は知っていて、角猿の動きを俺が知っているわけだから、この右腕を囮《ブラフ》として繰り出された蹴りは――

あれ？　どっちがどうだ？

最終的に、攻撃をもろに受けたのは俺の方だった。

受け身の体勢は取れたものの、思いきり飛ばされて大樹の幹に激突してしまった。

そりゃこうなる。俺が操って俺と戦わせているんだから俺の動きを攻略し続けているわけで、とどめの一撃があるとすれば俺の方に当たる。

こりゃあ行き着く先は死しかない。それを避けてようやく次に行ける。高みに行ける。その先にまっているのもまた、とどめの一撃だ。

「楽しくなってきた！」

吐血する。意識が朦朧として、強化《バフ》で気付けをして無理やり引き戻す。内臓がやられた。

もう長くは戦えない。

我ながら、酷い自作自演だと思う。

魔術を正しく使うべき、とする人たちがいたのならきっと怒られてしまうだろう。

角猿も向上していた。向上させていた。さっきまでの彼の動きは両腕に意識を割きすぎていたように思う。爪があるのは両手だけじゃない。両足にもあるその武器は、もっと有効に活用できる。

払われた右腕を避けて背中が見えている。次に跳んでくるのが左腕か右脚か、はたまた左脚かわからない。

いや、まあ俺が動かしているからわかっているんだけど、なんにせよそれは俺が一番やりにくい方法だ。

来たのは左の回し蹴り。大股に開かれていてすでに地面が蹴られている。

俺がいるのは角猿の間合いのど真ん中もど真ん中だった。

回避は不可能である。山刀《マチェット》を両腕でがっちりと掴み、刃で受け止めて脚をぶったぎりにかかる。

そのまま斬れるわけもなく爪と衝突する。そもそも質量の差で俺は無様に後ろに飛ばされる。

俺は宙に浮いてしまった。

一秒ほどの滞空時間、あまりに大きすぎる隙だ。

切り返すのが間に合わない。

とどめの一撃までの道筋《ルート》が眼前まで迫る。

角猿は停滞することなく回した左脚を接地させて軸足として、低い姿勢から俺を突き上げようとしていた。

これを食らえばあと二撃で俺の五体はバラバラになる。そういうふうに俺が角猿を操っている。すでに不可避だ。とっかかりすらない。俺はもう死んでいる。ここから挽回する方法など計算していない。

だから、この刹那で計算する。

実現と実行に鑑みて切り捨ててしまった可能性を検討する。

空中で足場なし。姿勢制御は不可能。結末までは一直線。時間はほぼ皆無。

脳から髄液が噴き出す。

閃く。

俺はさっき弾かれた山刀《マチェット》が足元の地面に刺さっているのを、たった今発見した。

足――脚ではなく、足、を土踏まずから折り曲げて靴底を割る。それで柄を握って、剣尖に全体重をのっけて無理やり跳び、無防備な空中から離脱した。

突き上げが空振った角猿。

対して離脱した上で再び二刀に戻った俺。

優劣は逆転する。俺はがら空きの側面に躍り出ている。

――はっきりした。そうか、上がっていくために、取るべき枠組みはこれか。

俺は最善を尽くして角猿を殺しに行く。そしてそれを攻略すべく、角猿を操ってすべての動きを踏まえた最高の対処をさせる。もちろん最後の一撃は間違いなく俺の命を刈り取らせるように仕向ける。

ここからだ。絶命の刹那に俺は向上できる。万事休すの状態で、計算すら考慮しなかった低確率を見つけ出して渡りきる。

すると戦いは次の段階に移行する。角猿もそれに伴って引き上げる。

刹那が引き延ばされる。

音が消える。景色から徐々に不要な情報が失われる。

俺はさらに加速する。角猿も当然のように進化を遂げる。

発想がさらに転換した。これほど時間が引き延ばされているのなら、持続時間は考慮しなくていい。一瞬に全魔力を出し切って問題ない。

何かおかしなことを言ってるか、俺？

『瞬間増強《パンプアップ》』はもう何倍がけだ？　万は超えているように思う。出力が集約されてまた段違いに上がる。

踏みしめて跳んでいるだけで、聖域の大地が割れ始める。

爪と刃の衝突で大樹が裂ける。

衝撃波《ソニックブーム》が辺りを破壊する。それすら耐えるように強化《バフ》は織り込み済みだ。

一寸の焦りも間違いもなく全力で振っている。望み通りに追い詰められている。奇跡を起こし続けている。

ほら、もうそろそろ、大丈夫だろう？　効率という概念もわかったはずだ。こんな自作自演は俺だって望んでいない。

角猿に主導権の半分を割譲し、動きに幅を与える。

すでに一刀同士のやり取りだった時間で十刀以上の剣戟が繰り広げられていた。

そこに角猿本来の柔らかさが加わった。霊長の、しかし人間にはわからないような絶妙な柔軟性を俺は認められていなかった。手数で翻弄したと思った一瞬、俺の二刀の隙間から腕が伸びてきた。

脇腹が抉られた。

止血はあとでいい。この剣戟の間では出血には至らない。

「いいね」

恐怖に震えていた角猿の目に色が戻っている。半分でも俺の掌の上から脱したことで、戦っている実感が戻ってきたようだ。

ここに来てもまだ上がる。絶命までの時間に無限がある。次の瞬間終わるなら、次の瞬間までの半分の時間で決着をつける。だけどその決着の前に俺は相手に俺を殺させる。

天にも昇る心地。天国との距離も近い。なんつって。

世界一幸福だった。

極上の恐怖を享受し続けた。自己満足に真剣になっている。これが正しい姿だ。誰のことも気にしていない。視界の中でお人形ごっこに興じているだけ。ずっとそれがしたかったんだ。余計なしがらみが多すぎた。

誰だ、ほんのちょっとだけ褒めてほしかったとか思っていたやつは。

いつまでも続いてほしい時間だった。理論的には可能なはずでもあった。

でも、物理的にはどうか。

悲しきかな、そのときはやってきてしまった。

俺の山刀《マチェット》は角猿の胴体を横から真っ二つに切断していた。止まれない。妥協もしていない。そのまま靴裏で分離した下半身を遠くまで蹴とばしていた。

限界が訪れた原因は、わかる。

こいつ、この期に及んで命を優先しやがった。ここまで昇ってきておいて怖気づいて、強化《バフ》に従わなかったんだ。速度に耐えきれず四肢が飛ぶ予感でもしたのか。そんなのどうでも良いだろうが。俺がいくらでも繋ぎ止められたのに。

「おい！」

こっちは命を捨てていたのに。その態度はなんだよ。覚悟決めてたんじゃねぇのかよ。

ふざけんなって。

「お前、つまんないよ」

ぶつける相手はもういない、上半身になった角猿はこと切れていた。

もしかするととっくに彼の意識はなかったのかもしれない。俺がそう操っていただけかもしれない。

もともと茶番も茶番だ。

息を吸って、冷静になった。

不満たらたらなのも良くないな。

ここは迷宮《ラビリンス》だ。

階層主《ボス》を倒せば次の階層への門が開かれる。その階層には例外なく前の階層よりも強い階層主《ボス》がいる。

何も悲観することはないじゃないか。まだまだ続きがある。

この階層がダメだったなら次。次の階層がダメだったのならまたその次。そうやって戦っていけば、いつか本当の頂まで辿り着くことができる。

「また、ここに来よう」

一人だってそれができると証明できた。十分、楽しかった。

今までの人生で一番充実していた。死にたいとばかり思っていた気がするけれど、今は違う。もっと死にたい。死ぬ寸前まで生きたい。

高望みさえしなければ満たされていたに等しい。そしてその高望みは進み続ける限り実現することが確約されている。

なんだ、未来は明るい。

「[illegible]《ほら、次だ》」

「……うん」

軒並みなぎ倒された聖域の大樹の間に、さっきまでは見えなかった光が見えた。

転送陣だ。聖域なだけあって、ここは階層としても重要な場所だったようだ。

すぐに行こうか迷う。性分かな、準備しなきゃと思ってしまう。

すると、体の状態が自覚できた。もうズタズタだ。強化《バフ》を応用して止血なりなんなりしてようやく立っている状態だった。

少し休もうと思った。

脳への強化《バフ》の倍率を一旦下げる。四肢に重さが戻って、一気に怠くなって、平らな地面に体を投げだした。

「おーおーおー！　やったねぇ！」

誰もいないはずの聖域に、一人の女性が現れた。

天真爛漫な明るい声、リタ＝ハインケスだ。

ずっと戦いを見守っていたのか、そのうちこうなるとわかって待ち伏せていたのか、どの道悪趣味極まりない立ち回りに違いない。

「安心したまえ死にかけのシュトラウス氏！　なんと！　我々【黄昏の梟《ミナーヴァ・アカイア》】は第九十九階層に医療設備たぁーっぷりのアジトを建設中だ！　臨時病床が用意できる！　君になら万能薬《エリクサー》を浴びさせてあげたっていい！」

「不要です」

立ち上がって、断る。

リタ＝ハインケスはやや後ろに引いた。

「えぇ……立てるの？」

「問題ないです」

「さすがの私も頭おかしいんじゃないかと思うよ⁉　強化《バフ》で無理やり動かしてるんでしょ、それ」

「はい」

「んんー？」

たったった、と近づかれて、目を覗き込まれる。

「なるほど、動かし続けないと死ぬ状態なのか」

的確な指摘に脱帽した。

なんなのだろう、この人の観察眼は。

「……その、あなたみたいな人でなしに世話になるつもりはありません。協力するつもりも」

「つれないのー」

彼女はぶーっ、とおもちゃを貰えなかった子供みたいに頬を膨らませた。

それから翻って、俺の方にちゃんと向き直った。

「じゃあ、これからどうするの？」

急に、明るいけれど真剣さが伝わる声に切り替わった。やはりこの人と話すとこちらの調子が引っ張られてしまう。

……それでもって、この無遠慮な感じが苦手じゃないから、なおのこと質が悪い。

「このまま次の階層主《ボス》を倒します。弱かったらまた次です」

「うんうん！　それも一つの冒険心《アーベンティア》だね！」

リタ＝ハインケスの笑顔は俺とは対照的で、どこまでも爽やかで屈託がなかった。

同じ迷宮《ラビリンス》の呼び声に呼ばれた者なのに、開き直るか否かでここまで違うのか。

彼女は俺の後ろにたったった、と回り込んで、背中をトンと押してきた。

転送陣の方向だ。

「ほら、行きな！　君が行かなきゃ我々も行けない！」

「……そういうの、大事にするんですか、あなたたちは」

「もちろん！　誤解されてるかもしれないけど、私たちは冒険者と迷宮《ラビリンス》を最大限に尊敬《リスペクト》しているんだよ⁉　もう誰よりも！」

そんなわけがないことを言われた。きっと付いているであろう数多の注釈を理解したくはないので、黙って行くことにする。

初めて第百階層に行く人間になることについては、吝かではない。

倒れた巨木を歩きながら跨いで、転送陣を目指す。

転送陣の目前まで来た。

淡く光る幾何学模様は、いざ最初に踏むと思うと緊張する。

唾を呑む。

急かしそうなものなのに、このときばかりはリタ＝ハインケスは何も言ってこなかった。趣とか解するのかあの人……うわぁ、ニコニコ笑顔で見守ってくれている、逆に腹が立つ。

息を止めて、一気に踏んだ。

視界が切り替わる。

明るさに目がくらむ。

開いていた瞳孔に、強い光が差し込んだ。続いて感じたのは肌寒さだったけれど、温度差でぼやけているくらいで、過ごしやすいくらいの気候に思えた。少なくとも密林《ジャングル》よりはずっと涼しくて乾燥している気がする。

それから、気候なんてどうでもよくなるような景色が映った。

山だ。

見事に岩々が切り立った独立峰。

迷宮《ラビリンス》の中に山があった、横を見れば地平線すら見えてしまう。今まで俺が迷宮《ラビリンス》の中の「広大さ」と形容していたものを虚仮にするような規模の階層だった。

もはやここは迷宮《ラビリンス》の中なのか？

そういえば、リタ＝ハインケス曰くここは別大陸だったか。ますます説得力が出てきて嫌になる。

そして山と言われれば、特別に思い出すことがあった。

このような山の主といえば相場は決まっている。人類が長い歴史の中で打ち勝ったとされている、神とも呼ばれた宿敵が、かつては地上にも存在した。

間違いない、ここはこの世で最強の生物の根城だ。

手が、震えた。

「……ヒヒッ」

この山には、竜が棲んでいる。

本書に対するご意見、ご感想をお寄せください。

あて先

〒162-8540 東京都新宿区東五軒町3-28
双葉社　モンスター文庫編集部
「戸倉儚先生」係／「白井鋭利先生」係
もしくは monster@futabasha.co.jp まで

雑用《ざつよう》付与《ふよ》術師《じゅつし》が自分《じぶん》の最強《さいきょう》に気付《きづ》くまで③ ～迷惑《めいわく》をかけないようにしてきましたが、追放《ついほう》されたので好《す》きに生《い》きることにしました～

2023年12月3日　第1刷発行

著　者　戸倉《とくら》儚《はか》

発行者　島野浩二

発行所　株式会社双葉社
〒162-8540　東京都新宿区東五軒町3番28号
［電話］03-5261-4818（営業）　03-5261-4851（編集）
http://www.futabasha.co.jp/（双葉社の書籍・コミック・ムックが買えます）

印刷・製本所　三晃印刷株式会社

［電話］03-5261-4822（製作部）
ISBN 978-4-575-24700-8 C0093

モンスター文庫

超難関ダンジョンで10万年修行した結果、世界最強に
~最弱無能の下剋上~
1
力水
ill 瑠奈璃亜
【この世で一番の無能】カイ・ハイネマンは13歳でこのギフトを得た。しかし、ギフトの効果により、カイの身体能力は著しく低くなり、ギフト至上主義のラムールでは、蔑まれ、いじめられるようになる。カイは家から出ていくことになり、王都へ向かう途中襲われてしまい必死に逃げていると、ダンジョンに迷い込んでしまった――。そのダンジョンでは、「神々の試煉」をクリアしないと出ることができないようになっており、時間も進まないようになっていた。カイは死ぬような思いをしながら「神々の試煉」を10万年かけてクリアする。クリアする過程で個性的な強い仲間を得たりしながら、世界最強の存在になっていた――。かつて、無能と呼ばれた少年による爽快無双ファンタジー開幕！
モンスター文庫

発行・株式会社　双葉社

モンスター文庫
モンスターのご主人様
MONSTER TAMER
1
HIGURE MINTO
日暮眠都
とある高校の学生が全員まとめて異世界に転移した。転移によってチートな能力を得た学生たちの争いに巻き込まれ、モンスターの跋扈する危険な森をさまよっていた真島孝弘を助けたのは、1匹のスライムだった!? ―孝弘には〝モンスターを眷属にする能力〟が与えられていたのだ! スライムにリリィと名付け、さらにマジカル・パペットのローズを眷属に加えた孝弘は、数日後、森の中で学校一の美少女・水島美穂の死体を見つけた。水島美穂の死体を体内に取り込んだリリィは、彼女の姿に擬態し―健気なモンスターたちと紡ぐ、異世界サバイバルファンタジー!
モンスター文庫

発行・株式会社　双葉社

モンスター文庫

発行・株式会社　双葉社